# 神様たちのお伊勢参り⓫

## 長い旅路の果て　前編

竹村優希

双葉文庫

## 谷原芽衣（たにはらめい）

不運続きの中、思いつきで伊勢神宮へ神頼みにやってきた。

楽天家で細かいことは気にしない。天のはからいにより「やおよろず」で働くことに。

## 燦（さん）

「やおよろず」唯一の常駐従業員。

物静かで無表情。見た目は子供だが、仲居をこなしつつ、厨房を任されている料理人。

## 天（てん）

元は荼枳尼天（だきにてん）に仕える狐だが、出稼ぎと称して神様専用の宿「やおよろず」を経営している。

性格はぶっきらぼうだが、日々やってくる沢山の神様たちを一人で管理するやり手な一面も。

## シロ

天と同じく、ヒトの姿に化けられる白狐。芽衣のことを気に入っていて、天をライバル視している。神様相手の商売を画策中。

## 猩猩（しょうじょう）

気配を消すことができる、赤毛の猿。

神々すらなかなか出会えない稀有な存在だが、芽衣に懐きやおよろずに居候中。

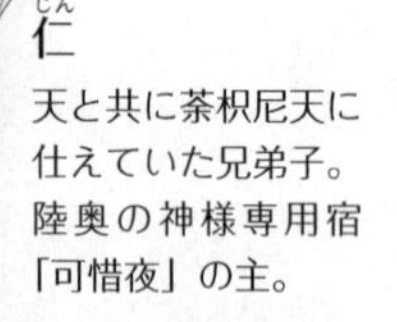

## 仁（じん）

天と共に荼枳尼天に仕えていた兄弟子。

陸奥の神様専用宿「可惜夜」の主。

## 因幡（いなば）

昔話で語り継がれている、因幡の白うさぎ。過去に大国主に救われて以来飼われている。

ずる賢くイタズラ好き。

# プロローグ

夏の山は、空気が濃い。

湿度が高くじっとりとしていて、呼吸をするたびに生命力溢（あふ）れる緑の香りが体を通り抜ける。

見上げれば、目に飛び込んでくるのは空の青さと濃い緑のみ。

芽衣（めい）は深い山を歩きながら、ふと立ち止まって深呼吸をした。

山が好きだと実感したのは、やおよろずで働くようになってから。

当時はすぐに迷いそうな気がして怖かったけれど、山に囲まれて生活するうちに、いつの間にか安らぐ場所になっていた。

「――おや、あの子の気配がずいぶん近付いたな。……芽衣、もう少しだけ歩けるかい？」

芽衣と一緒に歩いているのは、大山津見（おおやまつみ）。

芽衣は頷（うなず）き、笑みを浮かべる。

ただ、心の中は、そう穏やかではなかった。

今芽衣たちがいるのは、鹿児島は霧島神宮の裏山。

いきなり伊勢の山を離れたのには、複雑な事情がある。


それは、数日前のこと。

マガツヒたちから穢れを祓ってもらうことで、長らく芽衣の悩みの種であった指の傷は綺麗に塞がった。

しかし、ほっとしたのも束の間、突如天が口にしたのは、茶枳尼天の気配が近付いているという衝撃的な言葉だった。

茶枳尼天とは、多くの狐を引き連れたインド由来の神様で、天や仁の親代わりでもある。

ただし、性格は豪気で見た目も恐ろしく、正直、芽衣には苦手意識があった。

というのも、茶枳尼天は初めてやおよろずを訪れたとき、天に、やおよろずはもう畳んで自分の元へ戻ってこいと言った。

その有無を言わせない空気にどれだけ絶望したか、芽衣は今もはっきりと覚えている。

結果的に、天の説得によって事なきを得、やおよろずは存続することになったものの、茶枳尼天がいつまた同じことを言い出すだろうかと、芽衣は正直ハラハラしていた。

そんな折の来訪となると、心穏やかでいられるはずがない。

すると、そんな芽衣に天がくれたのが、「少しの間、伊勢から離れていろ」という提案。

天いわく、茶枳尼天が芽衣を見たら、退屈しのぎに厄介なことを言い出す可能性が否めないとのこと。

やおよろずを離れるのは不安だったけれど、茶枳尼天の性格をよく知る天がそう言うのならと、芽衣には頷くことしかできなかった。

天はおそらく、芽衣に危険が及ぶことを過剰に警戒している。

実際、芽衣には、神の世にいることが危ぶまれるような危機が次から次へと起こっているし、その度にギリギリ乗り越えているような状態だ。

このタイミングでの茶枳尼天の来訪となると、警戒するのは無理もなかった。

そういうわけで、できるだけ伊勢から離れ、芽衣を安心して預けられる相手として選んでくれたのが、大山津見が口にした〝あの子〟。

天は茶枳尼天の気配を感じるやいなや、真っ先に大山津見に相談を持ちかけたらしい。

あまり誰かに頼るタイプではない天が、迷う時間すら惜しんでもっとも頼れる相手である大山津見に話したという事実は、事の深刻さを表していた。

結果、事情を聞いた大山津見は、それならば最適な相手がいると提案をくれ、すぐに芽衣を連れ出し鹿児島へやってきた。

その最適な相手と落ち合うことになっている場所こそ、霧島神宮の裏山にある、大山津見が祭られる山神社。

森の中をしばらく歩くと、やがて小さな祠(ほこら)へ辿(たど)りつき、大山津見はそこで一旦足を止め、周囲をぐるりと見渡した。

そして、ふいに、優しい笑みを浮かべる。

「芽衣、来たようだよ」

その瞬間、緑一色だった周囲の景色に、小さな光が舞いはじめた。

眩(まぶ)しさに細めた視界に映ったのは、空からふわりと舞い下りるように姿を現した、姫神の姿。

「石長姫(いわなが)様……」

名を口にした瞬間に感極まり、芽衣の視界がじわりと滲んだ。

もちろん、大山津見が案内を買ってくれた時点で、娘神にあたる石長姫ではないかと薄々期待していた。

芽衣にとって石長姫は、初めて友人のように接してくれた、もっとも特別な存在といえる。

その上、前に芽衣が麻多智によって記憶を奪われヒトの世に戻されてしまったときには、ふたたび芽衣を神の世へ誘い込んでくれたという、到底返しきれない程の恩がある。

予想できていたとしても、再会の感激が薄れることはなかった。

衝動的に駆け寄ると、石長姫は芽衣の手を取り両手でそっと包む。

「芽衣、お久しぶりですね」

透き通るような声が響き、芽衣は何度も頷いた。

「石長姫様……！　私、お礼しなきゃいけないことや、お話ししたいことがたくさんあって……！」

「私も、あなたに会いたいと思っていました。だから、とても嬉しいです。今日はゆっくりお話ししましょう」

そう言って笑い声を零す石長姫が纏う空気は、初めて会ったときとはまるで別人のようだった。

もっとも驚いたのは、石長姫が、淡い黄色地に桃色の花をあしらった、鮮やかな着物を纏っていたこと。

当時は着物も帯も暗い色ばかりを選び、いつも俯いている印象だったのに、もはやその影は微塵もない。

相変わらず顔は垂れ布で隠し、手袋で肌を隠してはいるけれど、それらも以前に比べればずいぶん軽装に見える。

「とっても可愛い着物……。すっごく似合ってます……！」

そう言うと、垂れ布の奥から石長姫が微笑む気配が伝わってきた。

「これは、父が贈ってくださったものです。……以前は華やかなものを身に付けることに抵抗があり、袖を通す気になりませんでしたが、今はとても気に入っています。

……芽衣のおかげですね」

「そ、そんなことは……」

「いや、本当にその通りだ。芽衣には感謝しかない」

ふいに大山津見がそう口にし、大きな手で芽衣の頭を撫でた。

振り返ると、大山津見は目を細めて笑う。

思い返せば、大山津見は以前、贈った着物を石長姫がようやく着てくれるようになったと嬉しそうに語っていた。

自分を醜いと嘆き、塞ぎ込んでいた石長姫を、心から心配していたのだろう。

芽衣は、石長姫の優しさを象徴するような優しい色の花柄を見ながら、首を横に振った。

「もし私がキッカケのひとつになれたなら嬉しいですけど、石長姫様の気持ちが変化したのは、きっと石長姫様の心が強いからです。……それに、石長姫様にはあの後もすごく助けていただいて……」

「いいえ。芽衣がなんと言おうと、私は芽衣に対して、とても大きな恩を感じているのです」

「それは、こっちの台詞(せりふ)なんですってば……。私の方がどれだけ救われたか……！」

「芽衣が救われたのだとすれば、それこそ、あなたの心が強いからです」

「……ずるくないですか」

自分が口にした言葉をそのまんま返され、芽衣は肩をすくめる。

すると、石長姫と大山津見が同時に笑った。

その幸せそうな笑い声を聞いていると、不安でどうにかなりそうだった心が、ゆっくりとほぐれていく。

しかし、そのとき。

大山津見が突如、北東の空を見上げて怪訝な表情を浮かべた。

そして、首をかしげる芽衣の手をそっと握る。

「……芽衣、とにかく君はなにも考えず、石長姫と共にしばらくゆっくり過ごすといい。私は一緒にいてやれないが……、大丈夫かい？」

「もちろん、です……」

大山津見はなにも言わなかったけれど、急に変化したその表情から、今なにが起こったのかを芽衣は予想していた。

おそらく、荼枳尼天が伊勢に降り立ったのだろうと。

芽衣は無理やり笑みを繕い、大山津見の手を握り返す。

本当は不安で仕方がないけれど、今の芽衣には、もう辛いことが起こりませんようにと信じることしかできなかった。

「——大山津見様って、石長姫様のことをとっても愛してらっしゃいますよね」

大山津見が去った後、芽衣たちは静かな森の中に座り、会えなかった時間を埋めるかのように、とりとめのない話を楽しんだ。

その中で話題になったのは、大山津見の娘に対する溺愛ぶり。

薄々知ってはいたけれど、二人が一緒にいるところを初めて見た芽衣は、それを改めて実感していた。

「そうかもしれません。……ただ、私の幸せを願うあまり、父はときに無謀なことをしますが……」

「無謀なこと？」

「ええ。芽衣も聞いているでしょう。私の嫁入りの話を」

「そ、そういえば……」

すっかり忘れてしまっていたけれど、大山津見はその昔、醜く生まれてしまった石長姫の将来を憂い、石長姫と妹の木花咲耶姫を二人同時に瓊瓊杵尊の元へ嫁がせようとしたことがある。

しかし、その後、石長姫だけが瓊瓊杵尊から追い返されてしまった。

それ以降、より自信をなくした石長姫はすっかり塞ぎ込み、その一件は、石長姫が全身を隠すようになったキッカケとなった。

その話は今思い出してもあまりに酷く、ヒトの感覚で測れば無謀のひと言で済まされる話ではないけれど、ときに神様たちは、芽衣の想像をはるかに超える特殊な行動に出る。

ただ、芽衣は大山津見の愛情深い面をよく知っているし、当の石長姫がそれを優しさだと受け止めているのならと、なにも言わずに苦笑いを浮かべた。

「それにしても、あの完璧な大山津見様ですら、娘のことになると我を忘れちゃうんですね……。ヒトみたいで親近感は湧きますけど、なんだか不思議」

「神であろうとヒトであろうと、芽衣が思っている程の違いはありませんよ。喜びも悲しみも寂しさも、愛情も同じようにあります」

「確かに、神の世に迷い込んで以来、それをたびたび感じてます。……思っていたより、身近なんだなって」

「ええ、ですから、芽衣が大好きだと言ってくれた日のことを、私は永遠に忘れません」

「石長姫様……」

思い出すのは、石長姫を伊勢の観光に連れ出した日のこと。

自分を卑下するような言葉ばかりを口にする石長姫に対し、芽衣は、自分は石長姫のことが大好きだと感情のままにぶつけた。

そのとき覚えたもどかしさや、伝わって欲しいという切なる思いを、芽衣は今も鮮明に覚えている。

石長姫が、そんな飾り気のない言葉をいつまでも心に留めてくれていたのだと思うと、胸がぎゅっと締め付けられた。

嬉しい反面、少し照れ臭くて、芽衣はつい俯く。

すると、そのとき。

「ところで、――芽衣のご両親は、どのような方々ですか？」

ふいに石長姫が口にした両親という言葉に、一瞬、頭の中が真っ白になった。

「両親……？」

「ええ」

「……えっと」

まるで初めて聞いた言葉であるかのように、なかなか記憶が蘇(よみがえ)ってこない。

思えば、神の世へ来てからというもの、ヒトの世での記憶が徐々に薄れていっているような自覚があった。

やおよろずで働きだした当初は、父だけでなく、前に付き合っていた相手とも連絡を取っていたように思うけれど、今やそんなことはまったくなくなり、思い出すことすら減ってしまった。

もっと言えば、当時着ていた洋服や持っていたはずの携帯も、どこにあるか思い出せなくなっている。

なにより奇妙なのは、芽衣自身がその事実に違和感ひとつ覚えなかったこと。

それはヒトの世や父に執着がないという意味では決してなく、ごく自然に心が麻痺(まひ)していったような感覚だった。

今さらながら、これはヒトが神の世へ来てしまった弊害なのかもしれないと、心の中にふと、得体の知れない不安が広がった。

「芽衣……？」

「あっ……、えっと、父は……」

芽衣は必死に記憶を手繰り寄せ、父のことを思い浮かべる。

すると、最初に浮かんできたのは、また借金が増えたと言いながら落ち込む、頼りない背中。

「そ、そう、すごく駄目な人で……、仕事を失敗してばかりで……」

それは、物心ついた頃から何度も目にした光景だった。

芽衣はその姿にいつもうんざりしていたし、子供ながらに、どうしてそうやって同じ失敗を繰り返すのだろうと呆れてもいた。

「……でも、そんなにめちゃくちゃなのに妙に明るくって。……落ち込んでもすぐに回復して、また無謀なことを考えるんです。なにも反省してないのか、思い込んだら一直線で、周りが見えなくなって」

芽衣は成長するにつれ、父のそういった計画性のなさを、次第に不満に思うようになった。

会話が減っていく中、また落ち込む羽目になるのにと、心の中ではいつも溜め息をついていたように思う。

そして、意識的に、自分はこうはなりたくないと、堅実に生きたいと、反面教師にしていた。

父のことを思い出すごとになんだか心がモヤモヤして、芽衣はつい小さく溜め息をつく。

すると、石長姫が小さく笑った。

「血は争えませんね。……思い込んだら一直線なところは、芽衣にしっかりと受け継がれているようですから」

「え……？」

「ヒトは、とても不思議です。寿命はとても短いけれど、命を長く長く繋いでいくかのように、生き写しの魂を受け継いでいくのですから」

「似てる……？　私が、父と？」

「そう思いませんか？」

そう問われるまで、芽衣はそんなことを一度も考えたことがなかった。

しかし、改めて思い返せば、神の世での自分は無謀そのものであり、否定できない出来事がいくつも浮かんでくる。

状況は違えど、周りが見えなくなって暴走するところは、確かに父とまったく変わらない。

違いがあるとすれば、芽衣の場合はたまたま上手く乗り越えられてきたというところだけ。

ただし、それは芽衣の力ではなく、周囲の助けによるものが大きい。

まさかの気付きに、芽衣は一瞬言葉を失う。

自分はああならないと決めていたのに、知らないうちに同じ道を辿っていたなんて、あまり気付きたくない事実だった。

「……芽衣は、お父様が嫌いですか？」

動揺する芽衣の様子を気にしてか、石長姫が心配そうに尋ねる。

その直截的な問いに、呆然としていた芽衣はハッと我に返った。

「いや……、というか、考えたことがありません。……けど、もしかしたら、そうだったのかもしれません。人に謝る姿や落ち込む姿ばかり見てきましたし、私は子供の頃から一人でいることが多くて……」

「……お母様は」

「あまり覚えてないんです。……幼い頃に、突然いなくなりました。父はなにも説明してくれませんでしたけど、愛想を尽かして出て行ったんだって、周囲が噂してました」

「……そうでしたか。辛い経験を思い出させてしまい、申し訳ありません……」

「そ、そんな……！　謝らないでください……！」

石長姫から謝られた瞬間、芽衣は、自分がどんな表情で両親のことを語っているかを自覚した。

慌てて笑みを繕い、首を横に振る。

「私はとっくに家を出て自立してますし、もう子供じゃないんですから、全然大丈夫ですよ。……それに、私はここで生きるって決めたので」

そう言い切った後にも、心から離れない妙な違和感。

けれど、芽衣はそれを必死に振り払った。

石長姫は少し間を置き、それから小さく頷く。

「……ええ。そうでしたね。では、話題を変えましょう。……そういえば、天殿はお元気でしょうか」

「て、天さんは……、元気、です」

今度はいきなり天の名前が出て、芽衣はふたたび動揺した。

おそらく石長姫はすべてを察しているのだろう、かすかに笑い声を零す。

「芽衣がこの世に留まりたいと強く願う理由の多くは、きっと天殿にあるのでしょうね」

「……それは、否定できません……」

「そのために、多くの困難を乗り越えたと父から聞いていています。天照大御神の用聞きもしているという話も。芽衣はすぐに無理をするので心配ですが……、最近は、困ったことはありませんか？」

「ありがとうございます。まさに数日前までヒトでなくなりかけていたんですけど、なんとか穢れを祓うことができたので、今は落ち着いたところです……。もちろん、茶枳尼天様の来訪の理由がわからないので、そこは不安ですけど……」

「そうですよね。安心させてあげたい気持ちは山々ですが、茶枳尼天は少し特殊ですから、私にはまったく予想ができません。それにしても、次から次へと困ったものですね……」

そう言われ、芽衣は深く頷く。

思い返してみれば、やおよろずへやってきてから今に至るまで、穏やかに過ごせた時間はそう多くはなかった。

常になんらかの困難や不安を抱えながら、それでもやおよろずにいるためにと、必死に考えたり動いたりと忙しない日々だったように思う。

「本当に困ったものです……。でも、無理やり居場所を作ろうとしてるんだから、仕方がないのかなって」

「無理やり、ですか」

「はい。……仲間たちがどんなに私を受け入れてくれていても、やっぱり私はこの世で浮いた存在ですから。……卑屈な意味じゃなくて、事実として」

「芽衣……」

天照大御神をはじめ、神の世にはそんな芽衣の存在を認めようとしてくれる神様も存在するが、そうでない神様とも何度も出会ってきた。

「ただ……、ここはお前の居場所じゃないって言葉、何度言われても傷付くんですよね。どうしても頭から離れないっていうか。……急に一人ぼっちになったような気持ちになって」

ふいに石長姫から手を握られ、芽衣は、思わず弱音を吐いてしまっていることに気付く。

ただ、石長姫の前ではつい素になってしまって、不思議と、無理に虚勢を張ろうという気にならなかった。

まるで母や姉であるかのように、すべてを包み込んでくれる優しい雰囲気が、強がろうとする気持ちをあっさりと解いてしまう。

「芽衣、私は味方です。……なにがあっても」

「石長姫様……」

華奢な手から伝わってくる優しさが温かく、芽衣は微笑む。

そして、石長姫との出会いがどれだけかけがえのないものだったかを、しみじみと実感した。

しかし、――そのとき。

突如覚えたのは、優しく穏やかな空気を根こそぎ奪っていくかのような、異様な気配。

たちまち空気が張り詰め、芽衣は恐る恐る周囲を見渡す。

石長姫の表情はわからないが、芽衣の手を握る手に込められる力から、強い緊張が伝わってきた。

心臓がみるみる鼓動を速め、額に嫌な汗が滲む。

そんな中、芽衣は、この表現し難い程の異様な気配に、密(ひそ)かに心当たりを覚えていた。

「この感じ……、もしかして、荼枳尼天様じゃ……」

それは、まさに、荼枳尼天を前にしたときに受けた、体が潰(つぶ)れてしまいそうな程の圧とよく似ていた。

もし荼枳尼天だったなら、わざわざこんなところまで来ていったいなにを言うつもりなのだろうかと、言い知れない不安が込み上げてくる。

すると、ふいに、石長姫が芽衣を庇(かば)うように前に立った。そして。

「荼枳尼天では、ありません」

「え……？」

「ですが、もっと厄介かもしれません」

「厄介、って……」

　その不穏な言葉の意味を理解したのは、それから間もなくのこと。

　突如、地面が大きく揺れたかと思うと、芽衣たちの目の前に現れたのは、額に二本の大きな角を持つ、見たこともないくらいの大男だった。

　ゆうに三メートルはある背丈に鍛え上げられた体、芽衣を睨みつけるギラギラした目。

　どこか仁王像を連想させるような見た目だが、その格好や雰囲気は妙にエキゾチックで、荼枳尼天に通じるものがある。

　神様であることには間違いなさそうだが、今にも襲いかかってきそうな血気盛んな表情は、これまで出会ってきたどの神様とも違っていた。

　芽衣は蛇に睨まれた蛙のように身動きひとつ取れず、その大男を見上げたまま硬直する。

　すると、大男は相変わらず芽衣を視線で威圧したまま、ゆっくりと口を開いた。

「私は、牛頭天王」

「牛頭天王、様……」

それは、これまでに一度も聞いたことのない名前だった。

あまりの迫力に戸惑っていると、牛頭天王は地響きを鳴らしながら芽衣たちとの距離をぐっと詰め、大きな目でふたたび芽衣を捕える。――そして。

「なるほど。……間違いなく、異物だ」

眉間に深く皺を寄せながら、そう言い放った。

言い返したいのに、まるで害虫を見るかのようなその目が芽衣の気力を奪う。

芽衣は怯える一方で、――またか、と。

この神もまた、自分をこの場所から除外しようとするのかと、繰り返してばかりのこの運命をどこか冷静に嘆いていた。

嵐のような勢いでやってきた牛頭天王は、芽衣を前に、一切の警戒を解かなかった。

それは、ヒト相手というよりはまさに〝異物〟に対する対応に思えた。

牛頭天王の目的は、聞くまでもない。

恐怖に支配された心の隅の方で、自分はただヒトであるだけなのにと、言っても無駄だとわかりきっている言葉が燻っていた。

緊迫感漂う沈黙はしばらく続き、芽衣は緊張から目眩を覚える。

すると、ふいに石長姫が口を開いた。

「……ご用件は」

その声は驚くほど冷静だった。

もはや、少女のように笑っていたさっきまでの面影はない。芽衣を庇うように腕を掲げ、動揺ひとつ見せずに牛頭天王を見上げる。

すると、牛頭天王は大きな目をグルンと動かし、石長姫に視線を向けた。

「用件など、わかりきっているだろうに」

「いいえ、お聞かせください。ここは大山津見の護(まも)る地であり、あなたは我々にとって侵入者です」

「ならば言う。……私はただ異物を排除しに来た。そこにいるのは、神でも化身でも、妖(あやかし)ですらもない。――異物だ」

はっきりと言い放たれ、芽衣はやはりと思いながら、すっかり塞がった指の傷跡をぎゅっと握り込んだ。

あの苦労も努力も、並々ならぬ不安の末にやっと覚えた安堵(あんど)すらも、牛頭天王のような存在を前にすれば結局無駄なのかと、心に虚(むな)しさが広がる。

しかし、石長姫は一歩も引かなかった。

「訂正してください。芽衣はヒトであり、天照大御神によりこの世に留まることを容認されています」

「それは天照大御神の独断であり、ただ黙認しているに過ぎない。そもそも天照大御神が決めたことなど、私には関係のない話だ」

「……侮辱(ぶじょく)ですよ」

「黙れ。私は、その異物に用がある」

ふたたび自分へと視線が向けられ、芽衣はビクッと肩を揺らす。

けれど、石長姫が必死に庇ってくれたお陰か、さっきまでの恐怖心はわずかに緩んでいた。

「……芽衣といいます。異物と呼ぶのはやめてください」

語尾は少し震えてしまったけれど、まともに声が出ただけで十分だった。

牛頭天王は芽衣をじっと睨みつけると、ふいに血走った目をぎゅっと細める。――そして。

「いいや、異物だ。ヒトならば、まだマシだが」

「どういう、意味ですか」

「どれだけここへ居座ったか知らぬが、その気配はもはやただのヒトとは違う。……芽衣よ、いくら拒否したところで、お前は正真正銘の異物なのだ」

「……」

「いずれは、ヒトの世ですら受け入れられない存在に成り果てる。そうなれば、お前の居場所はどこにもない」

ふいに、全身がゾクッと冷えた。

そんなのは何度も突きつけられた言葉だと、それでも乗り越えてきたはずだと、必死に自分を奮い立たせようとしたものの、牛頭天王の視線に捕らえられると、何故だか上手くいかない。

するとそんな芽衣の代わりに石長姫が口を開いた。

「芽衣は、マガツヒたちに会い穢れを祓いました。少なくとも、この世を脅かすような存在ではありません。牛頭天王は、唯一無二の存在をただ異物と表現し、無駄に警戒しているに過ぎません」

「唯一無二のものならば、警戒するのは当然のことだ」

「芽衣は決して脅威にはなりません」

「脅威になるならないは関係ない。悪い影響を及ぼすものであってもその逆であっても、新たな存在など認められぬ。私は黙認などしない」

牛頭天王の言葉は強く、迷いはわずかにも感じられず、その考えを覆せるような隙など、どこにも見付けられなかった。

これまでしてきたように、なんとか説得する方法を考えなければと思いながらも、穢れを祓ったばかりで満身創痍の芽衣の頭に浮かんでくるのは、シンプルな絶望ばかり。

それでも、今心が折れてしまえば終わりだと、芽衣は必死に頭を働かせる。――そして。

「さっき、ヒトならまだマシだと言いましたよね……」

ふと思い出したのは、ついさっき牛頭天王が口にした言葉。

牛頭天王と石長姫の視線が同時に芽衣に向けられる。

「それは……、ヒトならまだ黙認できるという意味でしょうか……」

正直、それはとくに活路を見出したわけでもない、どちらかと言えば時間稼ぎのような質問だった。

というのも、牛頭天王には、今すぐにでも芽衣をどうにかしてしまいかねない、有無を言わさない勢いがある。

最悪なことは考えたくないけれど、少なくとも、天と話すこともできないまま牛頭天王の言いなりになることだけは避けねばならなかった。

すると、牛頭天王は眉間に皺を寄せる。

「私は黙認はせぬ。しかし、ヒトであるならば、ただちにこの世に害を及ぼすということはない。猶予はやれるだろう」

「猶予、ですか」

「ただ、お前はすでにヒトではない。つまり、その可能性を考えることになんの意味もない」

「どうして、ヒトじゃないって言いきれるんですか……？」

「私を疑うか」

「……納得、したいだけです」

もはや聞き分けのない子供のような言葉しか出てこず、芽衣は、少しずつこの応酬への限界を感じはじめていた。

けれど、脳裏に浮かんでくるのは、やはり天の存在。

希望と絶望を繰り返すこの運命に、芽衣以上に必死に抗って（あらが）くれた天の姿を思い出すと、引くわけにはいかなかった。

思えば、いつも心の奥の方には、いつか終わりがやってくるのかもしれないという恐怖が燻っていたし、天と思いが通じ合ってからは、いきなり引き裂かれる未来を想像して震えが止まらなくなることもあった。

結局、こうなってしまうのか、と。

これ以上牛頭天王に抗うための言葉が浮かばず、芽衣は弱々しく俯く。――すると、そのとき。

「納得、か」

「え……？」

「ならば、試してやってもよい。お前がヒトであるか、異物であるかを」

牛頭天王が口にしたのは、予想だにしない提案だった。

「試す……？」

「そうだ。納得したいのならば、試してやる」

「……」

「どうする。お前が決めろ」

牛頭天王がなにを考えているかわからず、芽衣は戸惑う。

ただ、少しでも時間が稼げるのならば、受けない選択肢はなかった。

「それで、私がヒトだって証明されたら……」

「さっき言った通り、猶予をやろう」

「……やり、ます」

芽衣がゆっくりと頷くと、牛頭天王は不敵に笑う。そして、腰に下げた巾着（きんちゃく）から、小さな壺（つぼ）を取り出した。

「ならば、これを飲め。結果はすぐにわかる」

壺を目の前にぐいっと差し出され、芽衣は震える手を伸ばす。――しかし。

「い、いけません……！」

突如、石長姫が慌てた様子で芽衣を制した。

どんなときも落ち着き払っている石長姫の慌て様に、芽衣はたちまち嫌な予感を覚える。

「石長姫様……？」

「牛頭天王は疫病（えきびょう）の神です。おそらくそれは、芽衣の体に害を及ぼすものです……！

飲んだらどうなるか……」

「疫病の神……？」

それを聞いた途端、背筋がゾクッと冷えた。

疫病とは、つまり流行り病（はやりやまい）を意味する。

つまり、牛頭天王は試すと言いながら本当は芽衣を騙（だま）していて、この怪しい壺の中身を使って排除するつもりなのだと、もっとも最悪な予想が頭に浮かんだ。――しかし。

「その通りだ。それを飲めば病に罹（かか）る。ゆっくりと思考が奪われ、肉体も徐々に朽（く）ちてゆく、長く苦しむ恐ろしい病だ」

牛頭天王はまったく悪びれもせず、そう言い放った。

あっさりと白状され、芽衣は混乱し言葉を失う。すると。

「ただし、罹るのは私を除き、ヒトならざる者のみ。これは神や化身や妖にとっては正真正銘毒となり、その上、たちどころに伝染する。——しかし、ヒトにとってはただの水だ」

その瞬間、芽衣はすべてを理解した。

つまり、この中身を飲んで無事でいられれば、ヒトであることの証明ができるのだと。

芽衣は手の中の壺をぎゅっと握り込む。

ヒトならば無事だと言われているのに、何故だか恐怖が拭えなかった。

牛頭天王がはっきりと言い切った「異物」という表現が、今になって芽衣の不安を煽っている。

万が一自分がヒトでなかったなら、牛頭天王が言った通り、徐々に思考が奪われ体が朽ちるという、悲惨な最期を迎えるのだろう。

しかも、神や化身や妖にまで伝染してしまうのならば、誰かに助けを求めることすらできない。

想像する程に、震えが止まらなかった。

ただ、――その恐ろしい方法が、今の芽衣にとって唯一の希望だった。

「芽衣……？」

その考えを察したのか、石長姫が不安気に芽衣の名を呼ぶ。

「石長姫様……、私……」

「……いけません、芽衣。他に方法があるはずです。牛頭天王は私がなんとしても止めますから、そんなものを飲んでは……」

「――ほう。止めるということは、石長姫もまた、芽衣がヒトであるかどうか自信を持てないということか」

「そういう、わけでは……！」

「ならば問題ないだろう」

「……」

おそらく、石長姫もまた、芽衣と同じ不安を抱えているのだろう。

しかし、優しい石長姫はおそらく、芽衣を前にしてそれを口にすることを躊躇(ためら)っている。

そう考えた瞬間、恐怖がスッと凪(な)いだ。

いずれにしろ、芽衣にはこれを試すか排除される以外の選択肢はない。ならば、決断に時間をかけても意味はないと。

芽衣は壺の蓋に手をかけ、牛頭天王を見つめる。

「……私、これを飲みます」

「芽衣……！」

慌てる石長姫に笑みを向け、――芽衣は、一気にその中身を呷った。

無味無臭の液体が、なんの抵抗もなくスルリと喉の奥へ流れ込んでいく。

訪れた、沈黙。

芽衣は目を閉じ、自分の体の変化に意識を集中させた。静まり返った森の中、自分の鼓動がうるさいくらいに響いている。

ただ、しばらく待ってみたものの、異変はなにも起こらなかった。

やはり杞憂だったと、芽衣はほっと息をつき、固く閉じていた目をゆっくりと開ける。――しかし。

視界に映ったのは、石長姫を引き連れ、芽衣と距離を取る牛頭天王の姿。

口元を手で覆われた石長姫が、必死に芽衣の方へ手を伸ばしていた。

芽衣にはなにが起こっているのかわからず、とにかく石長姫を助けなければと、慌てて足を踏み出した――瞬間。

全身に、激しい痛みが走った。

あまりの衝撃に、芽衣はぴたりと動きを止める。

「……な、に、これ……」

ほんのひと言口にしただけなのに息切れを起こし、思う様に呼吸ができずに地面に崩れ落ちるやいなや、全身の関節に痛みが走る。

混乱して視線を彷徨(さまよ)わせると、ニヤリと笑う牛頭天王と目が合った。

「納得したか」

「……」

「お前は、――異物なのだ」

聞きたいことはたくさんあるのに、息が苦しくて声が出ない。

すると、牛頭天王は芽衣からさらに距離を置き、静かに口を開いた。

「お前はかつてはヒトだったかもしれぬ。しかし、ずいぶん長い間神の世に居座り、ヒトの身では出会うはずのない者と出会い、あり得ない経験を積み、すっかり別の存在へと変化してしまったのだ」

「……へん、か……」

「ヒトの体はここには合わぬ。必要に応じて遂げた変化が、お前を異物にした。……今はよいかもしれぬが、これからどう変わるかわからぬ。そして、たとえ今私がお前を見逃したところで、私のように異物を排除しようとする神がすぐにやってくるだろう。いずれにしろ、終わりはくるのだ」

「……」

「とはいえ、なんとか耐えているところを見ると、まだ間に合うようだ。……芽衣よ、手遅れになる前にヒトの世に戻れ。その病はヒトは罹らぬ。あるべき場所で生きればすぐにヒトに戻り、苦しみから解放されるだろう」

「……そん、な……」

「余計なことは考えない方がよい。その病はさっきも言った通り、伝染する。助けを求めて近寄ろうものなら、石長姫も、天照大御神すらも無事ではおられぬ。ましてや妖や化身ならば、たちどころに消滅するだろう」

牛頭天王の言葉には、絶望しかなかった。

けれど、すでに思考が奪われはじめている芽衣には、その絶望すらもまともに考えることができなかった。

身動きが取れず、頭もまったく働かず、芽衣は地面に倒れ込んだままぐったりと脱力する。

そのまま意識は遠退き、抵抗もむなしく視界が暗転しかけた、そのとき。

ふわりと体を抱え上げられる感触を覚えた。——そして。

「芽衣よ。……ヒトの世へ繋がる場所まで運んでやろう。まだヒトであるのなら、せめて自分の意思で帰れ。……よいか、ひとつ教えてやる。そして、……芽衣よ、お前は大切なことを忘れて——」

最後は、聞き取れなかった。

けれど、もはや考える余裕はなかった。

ただ、抱き上げる手が思いの他優しく感じられて、芽衣はその瞬間だけ痛みを忘れ、眠るように意識を手放した。

目が覚めたときに待ち構えているであろう、絶望を思いながら。


意識を取り戻した瞬間、酷い痛みに小さく悲鳴を上げた。

浅い呼吸を繰り返しながら、漂う土の香りと木々が枝を揺らす音で、ここが森の中であることを察する。

ゆっくり目を開けると、視界に映るのは暗闇と細い月。

周囲には、なんの気配もない。

冬だったらきっと凍えていただろうと思いながら、芽衣は痛む体をおそるおそる動かし、体を起こす。

ふと周囲を見渡せば、少し離れたところに小さく古い鳥居が見えた。

思い出すのは、牛頭天王が口にしていた、「まだヒトであるのなら、せめて自分の意思で帰れ」という言葉。

ここがどこなのかは想像もつかないけれど、おそらく、まだ神の世であり、目の前の鳥居はヒトの世に繋がる境なのだろう。

芽衣は鳥居を呆然と見つめ、それから重い溜め息をついた。

当然ながら、鳥居を潜る気持ちにはなれなかった。

ただ、今回はこれまでとは比較にならない程に状況が危機的で、体も頭もマトモに動かない上、頼る相手もいない。

芽衣は夜空を見上げ、しばらく途方に暮れた。

「天さん……」

心細いとき、条件反射のように心に浮かぶ、天の顔。

芽衣はなかば無意識に、帯紐（おびひも）に結ばれた茶枳尼天の鈴を握る。

これを鳴らせば、天はきっとすぐにやってきてくれるだろう。

けれど、牛頭天王の言葉通りなら、狐の化身である天にこの病気が伝染すれば、ひとたまりもない。

それだけは、絶対に避けねばならなかった。

芽衣は、なんとかこの状況を切り抜ける方法はないかと、必死に考え込む。しかし、まともに働いてくれない頭では、なにひとつ思い付かない。

まったく役に立たない思考がもどかしくて視線を落とすと、額から汗が滴り落ち、地面に染みを作る。

同時に、強烈な喉の渇きを覚えた。

「……水……」

芽衣はひとまず飲み水を探さなければと、痛む体を無理やり動かし、ゆっくりと立ち上がる。

高熱のせいか、体からはすでにかなりの水分が失われているらしく、ただ立っただけなのに、酷い立ちくらみを覚えた。

それでも芽衣は、水を求めて足を踏み出す。

こんな極限の状況でも、なんとか生きようとする気力があることだけが、せめてもの救いだった。

ただ、逆に言えば、今の芽衣にあるのは気力のみ。

現に、普段なら地形や植物や匂いから、川や水場の在処をなんとなく察することができるのに、すべての感覚が鈍っている今はそれすらも叶わなかった。

ただがむしゃらに歩く以外に方法はなく、それが芽衣の体力をさらに奪っていく。

足を進めるごとに体の痛みは増し、呼吸もみるみる浅くなっていった。

このままなにもできずに行き倒れてしまう可能性が、頭の中で徐々にリアルさを増す。

しかし、――もはや、視界も曖昧になりはじめた頃、ふいに、森の中にポツンと佇む小さな小屋が目に入った。

それは遠目に見てもずいぶん傷んでいて、誰かが住んでいるような気配はない。

そして、小屋の手前には、石造りの井戸が見えた。

「水……」

思わぬ発見に、気力がわずかに回復する。

芽衣はゆっくりと井戸まで歩くと、木の蓋を強引にずらして地面に落とし、中を覗き込んだ。

すると、ずっと奥の方に、月明かりを映す水のゆらめきが見える。

「涸れて、ない……」

野ざらしでずいぶん古そうな井戸だけれど、そもそも死に至る毒に冒されている今、そんなことを言っている場合ではなかった。

「桶……、は……」

芽衣は水を汲み上げるための桶を求め、周囲を確認する。

すると、井戸の脇には倒壊した屋根と釣瓶の残骸が積み上がっていて、その中に、縄付きの桶が転がっていた。

釣瓶が壊れているとなると手で汲みあげるしか方法がないが、むしろ桶があるだけ幸運だった。

芽衣は桶を井戸の中に落とし、水を掬って縄を引いた、――瞬間。

たちまち両腕に走った激痛に、一瞬頭が真っ白になった。

危うく縄を離しそうになり、慌てて握り直したものの、あまりの痛みに芽衣は地面に蹲る。

回復するまでは、しばらく時間が必要だった。

芽衣は、自分にできることがかなり狭まっていることを改めて痛感する。

しかし、こんなことで折れてはいられないと、芽衣はふたたび井戸を覗き込み、掬う水の量を少なく調整してゆっくりと引き上げた。

いつもなら一分もかからないような作業に途方もない時間をかけ、ようやく汲み上げることができたのは、木の葉の浮いた少量の水。

それを手で掬って口へと流し込んだ瞬間、ふいに、大粒の涙が零れた。

水を汲むことすら満足にできなくなってしまった自分の体が、あまりに情けなく、ただ悲しかった。

しかし、今は泣いている場合ではないと、芽衣は雑に涙を拭ってふたたび立ち上がる。

そして、弱気になるのは休息が足りないせいだと自分に言い聞かせ、傍にある小屋の中をそっと覗き込んだ。

予想した通り、中はすっかり埃が積もっていて、ずいぶん長い期間放置されていたことが窺えた。

芽衣は、少し休めば多少は回復するだろうと、古びた畳の上に倒れ込む。

途端に、カビの臭いが鼻をついた。

酷い寝心地だけれど、あのまま外を彷徨い続けるよりは何倍もマシだと、芽衣はゆっくりと体の力を抜く。

自分の体を冒している病気が休めば治るようなものでないことは、もちろん承知だった。

むしろ、起きたら余計に悪化している可能性も十分に考えられた。

けれど、心身ともに限界を迎えていた芽衣には、後のことを考える余裕などあるはずもなく、まるで現実から逃れるかのように固く目を閉じる。

それから意識を手放すまでは、あっという間だった。


どれだけ眠っていたのか、芽衣は戸を叩く音でふいに目を覚ました。

目を開けると、半分崩れた屋根から白んだ空が見える。

幸い、体の痛みは寝る前とそう変わらず、芽衣はそっと体を起こし、音がした戸の方へ視線を向けた。

しかし、戸の外はしんと静まり返っている。

「気のせい、か……」

人恋しさから幻聴を聞いたのかもしれないと、芽衣は溜め息をつく。

冷静に考えてみれば、こんなところに誰かが訪ねてくるとは思えなかった。――しかし。

「……芽衣」

小さく響いたのは、石長姫の声。

芽衣は思わず目を見開く。

「石長姫、様……？」

「ああ、芽衣……、こんなところに……」

「私を、捜してくださったんですか……？」

「さぞかし心細かったでしょう……。牛頭天王の仕業かあなたの気配が曖昧になっていて、ずいぶん時間がかかりました……」

声を聞けたことが嬉しくて、たちまち涙が込み上げる。

本当はすぐに駆け寄って戸を開けたかったけれど、芽衣は拳をぎゅっと握ってなんとか踏みとどまった。

「だけど……、私はもう……」

もう近寄ることができないのだという事実があまりにも辛く、語尾は弱々しくなっていく。

「芽衣……、どうか、希望を捨てないでください……」

辛そうな石長姫の声が、芽衣の心をさらに締め付けた。

正直、心の中には、こんな状態でどうすれば希望を持てるのだろうという思いが広がっている。

いっそ諦められたらどんなに楽だろうとも思っていた。けれど。

「……捨てたくても、まだ捨てるわけにはいきません……」

どうしても、天になにも伝えられないまま去る決断だけはできなかった。

現段階では近寄ることすらできず、話をする方法なんてまったく思いついていないが、このまま去ってしまえば天がどれだけ苦しむかは想像に難くない。

自分がいかに大切に思われているかを自覚しているからこそ、天にそんな思いをさせるのだけは避けたかった。

すると、石長姫はしばらく沈黙し、それからゆっくりと口を開く。

「……ならば、私の話を聞いていただけますか」

芽衣はふいに視線を上げた。

その、どこか決意の感じられる口調が、小さな希望があることを示唆(しさ)しているように思えた。

「なにか、方法が……」

「……正直に言うならば、縋るに値するかもわからないくらいの、不確かな希望がひとつだけあります。それはあまりに曖昧で、試したところで場合によっては芽衣をただ長く苦しませるだけかもしれません。なので、……とても、迷います」

「石長姫様……」

石長姫の声は震えていた。

石長姫は、芽衣を苦しませてまで曖昧な希望を持たせるべきかを決めかねているのだろう。

なにせ、この苦しみからただ解放されたいのなら方法は簡単で、すぐ側の鳥居を潜ってしまえばいいだけの話だ。

けれど、芽衣の気持ちを深く理解している石長姫はその方法を勧めることをせずに、芽衣の立場に立ってこの世界に残るための手段を必死に模索してくれているのだと思うと、嬉しさと申し訳なさで胸がいっぱいになった。

「石長姫様……、そんなにも私のことを考えてくれて、本当にありがとうございます……」

「芽衣……」

「おそらく、私の思いは、石長姫様がご想像されている通りです……。どんなに小さな希望でも、もしなにか、方法が、あるなら……」

そう言いながら、言葉もまともに喋れない状態で、いったいなにができるというのだろうと、冷静に考えている自分もいた。

けれど、芽衣がすっかり弱っていることを察していてもなお意思を尊重しようとしてくれる石長姫の思いが、芽衣の心を少し強くした。

「……わかりました。では、お話しします。……しかし、まず前提として牛頭天王のことをお話しせねばなりません。辛いでしょうから相槌はいりません。ですので、途中で理解できないことがあったときは、壁を叩いてください」

「わかり、ました……」

細やかな気遣いに、気持ちがふっと緩む。

すると、石長姫は覚悟の滲む声で、ゆっくりと語りはじめた。

「牛頭天王とは、先程も言った通り疫病の神。……強大な力を持つあまり、かつては厄病神とされた時代もありました――」

石長姫の説明によれば、牛頭天王は荼枳尼天と同様にインドに深い由来があり、祇園精舎という立派な寺院の守護神だったのだという。

祇園精舎とは仏陀が悟りを開いた神聖な場所。つまり牛頭天王は、ヒトの世で言うところの神道の神々とは派生が違う。

ただ、牛頭天王が厄病神と言われた所以はそこではなく、牛頭天王が操る疫病が、あまりにも強力であり、誰にも制御できなかったからだという。

現に、牛頭天王はその力をもって、かつてヒトの世に何度も疫病を流行らせた。

それどころか、たくさんの神々が犠牲になってしまった、悲惨な歴史も存在するらしい。

人々は、そんな恐ろしい牛頭天王を、ただ怖がるだけでなく丁寧に祭れば逆に疫病から救ってくれる護り神となり得るのではと考え、各地に牛頭天王を祭る神社を建てた。

しかし、人々が手厚く祭るごとに、派生の違う牛頭天王を神ではないと主張する勢力が現れ、ほとんどの神社が壊されてしまった。

結果、今の日本に牛頭天王を祭る神社はとても少なく、土地によっては、素戔男尊と同一視しながら名前を残す場所もあるらしい。

「――そんな複雑な歴史が……。でも、どうして素戔男尊様と……？」

一旦言葉を止めた石長姫に、芽衣はそう尋ねた。

すると、石長姫は重い溜め息をつき、言葉を続ける。

「素戔男尊もまた、荒御霊を優勢とする豪気な神ですから、ヒトの世に同一視する者が現れたのだと思います」

「荒御霊……」

芽衣は以前篠島の竜神との出会いによって、神様たちにもヒトと同じく穏やかな面と荒々しい面が共存することを知った。

穏やかな面は和御霊、荒々しい面は荒御霊と呼ばれ、すべての生命は自然にその均衡を保っているが、ときに、荒御霊が圧倒的に優勢な者もいるらしい。

数々の恐ろしい歴史を残す素戔男尊もまたその一柱だが、石長姫の言い方から察すると、牛頭天王もまた、それに匹敵するくらいの荒々しさを持っているということになる。

「そんな神様を相手に……、私なんかがどうにかできることなんて、あるんでしょうか……」

石長姫が語ったのは、正直、絶望感がさらに増すような内容だった。

今はただでさえ本調子ではないのにと、たちまち不安が押し寄せ、芽衣は肩を落とす。——しかし。

「芽衣。……本題は、ここからです」

石長姫の声色が変わり、芽衣はふいに緊張を覚えた。

「本題……、ですか」

「ええ。……大昔のことですが、牛頭天王から、どんな疫病をも撥ね除けるお守りを授かった一族が存在するという噂があります」

「どんな疫病も……？」

「正直、信憑性のわからない曖昧な話です。……ですが、それが事実だったなら、その一族を訪ね、そのお守りにあやかることができるのではないかと……」

「この病気が、治るかもしれないってこと、ですか……？」

「わかりません。……無駄足になる可能性もあります。ですが、今はそれが唯一の希望であり、もし上手くいったときには、芽衣にとってもはや、牛頭天王は脅威ではなくなります」

「……なる、ほど」

確かに、希望を感じられる話だった。

もし噂が本当ならば、お守りによって芽衣の病気を治すことができ、その上ふたたび罹る恐怖に怯える必要もなくなる。

石長姫は曖昧だと言うけれど、試してみる価値は十分にあるように思えた。

「その……、お守りを授かった一族っていうのは……」

「今はもはや御伽噺のような古い伝承ですが、お話しします。……それは、まだヒトの世と神の世の間に境界がなく、牛頭天王も今程の力を持っていなかった頃のことです――」

石長姫の話によれば、牛頭天王はその昔、とある女性に結婚を申し込むために、使いの鳩と共に長旅に出たのだという。

しかし、備後に差し掛かったあたりで、深い山に迷い込んでしまう。

散々歩き回り、限界まで疲れ切って、ようやくたどり着いたのは小さな村。

牛頭天王はヒトに扮し、村の中で一番大きな屋敷を訪ね、一晩宿を貸してほしいと頼んだ。

しかし、屋敷の主であり村の長者である巨旦将来という男は、ボロボロの牛頭天王を見てあっさりと断り、追い返してしまう。

途方に暮れていたところに声をかけてきたのが、巨旦将来の兄、蘇民将来。

蘇民将来は弟と違ってとても貧しかったけれど、困っていた牛頭天王を家に招き、粗末ながらも丁寧にもてなした。

牛頭天王は感謝し、翌朝、蘇民将来に、お守りだと言って自ら編んだ茅の輪を授ける。

そして、これを持っていればどんな病気からも永久に守られると、子孫へ永遠に受け継ぐように言い残したのだという。

やがて、程なくして、牛頭天王によって村に酷い疫病が広められ、巨旦将来も、その家族たちも、次々と死んでしまった。

しかし、茅の輪のお守りを授かった蘇民将来の家族は強い加護を受け、その後も誰一人疫病に冒されることがなかったらしい。

「蘇民将来さんは代々病気から守られ続けて、かたや他の村人たちは全滅……。なんだか怖い話ですね……」

それは、話を聞き終えた芽衣の素直な感想だった。

神様たちの伝承には、こういった恐ろしいものや残酷なものも多く存在する。

もちろんヒトの歴史にも言えることだが、平和な世の中しか知らない芽衣からすれば、とても複雑な気持ちだった。

「大昔の話ですから、言い伝えられる中で内容は大きく変化しているかもしれませんが……、確かに牛頭天王の激しさの片鱗（へんりん）が窺える、ある意味恐ろしい伝承です。ただし、これが芽衣の希望であることに違いはありません」

か……？」

い。

「芽衣。……今のあなたにとっては大変な困難でしょうが……、蘇民将来を捜します
「……その通り、ですね」

確かに、それを成し遂げるのがいかに困難かは、考えるまでもなかった。
なにより、今回は誰にも近寄ることができず、すべてを一人でやらなければならな

つまり、蘇民将来の居場所へ向かうにしても、いつものように天の背中に乗せても
らうことはもちろん、因幡（いなば）の知恵を借りることもできない。
けれど、芽衣の選択肢はやはりひとつしかなかった。
「捜します。……たとえその伝承が、間違っていても……、それしか希望がないなら、
確かめてみたいです……」
すっかり弱った体で息切れしながら、芽衣は精一杯の返事をした。
石長姫は少し間を置き、それから小さく溜め息をつく。
「長旅になりますが……、では、備後へ向かってください。蘇民将来の伝承の由来は、
備後の素盞嗚（すさのお）神社、あたり……、です……」
そのとき、ふと、石長姫の声が少し掠（かす）れていることに気付いた。

「……石長姫様、その声……」

まさか芽衣に近付いたことで石長姫の体にも病気の症状が出ているのではないかと、たちまち嫌な予感が込み上げてくる。

「……このくらい、なんの問題もありません……」

そう言いながらもみるみる掠れていく声に、芽衣の背筋がゾクッと冷えた。

芽衣は少しでも離れようと、慌てて後ろの壁まで下がる。

「そんな……、駄目です……！　早く、ここから離れてください……！」

「……どうか心配しないでください。あなたの苦しみに比べたら瑣末なものですし、すぐに治ります。それより、芽衣の心細さを少しでも和らげてあげたいのです。……かつて、あなたがそうしてくれたように」

石長姫が芽衣に大きな恩を感じてくれていることを、芽衣は恐れ多くもよくわかっていた。

芽衣のために、なんでもしてくれようとしていることも。

けれど、今回ばかりはその言葉に甘えるわけにはいかず、芽衣は見えないとわかっていながら首を横に振る。

「やめてください……。石長姫様が私のせいで苦しむ方が、よほど辛いです……。石長姫様に万が一のことがあったら、私は一生償いきれない大きな後悔を抱えます……！

どうか、離れて……」

「芽衣……」

必死に訴えると、石長姫は辛そうに芽衣の名を呼んだ。

顔を見なくても、どれだけ芽衣のことを思ってくれているかが伝わってきて、胸がぎゅっと締め付けられる。

そして。

「……わかりました」

石長姫は小さくそう呟いた。

芽衣はほっとしながらも、心の奥に広がる寂しさを無理やり押し殺す。

「必ず、やり遂げます……」

「ええ、……信じています。……芽衣、なにか私にできることはありませんか……？」

「そんな……、蘇民将来のことを教えてくださっただけで――」

そう言いかけて、芽衣はこれから旅をする上でもっとも重要なことを思い出し、言葉を止めた。

「石長姫様……、私の気配を完全に消す方法をお持ちですか……？」

「芽衣の気配を……？」

「はい。……もし天さんが私の気配を見付けたら、どんなに危険だって言ってもきっと近寄ってきちゃうと思うから」

「……芽衣」

「すみません、惚気(のろけ)です。……叶えていただけませんか？」

これ以上石長姫が心を痛めないようにと努めて明るく言ったものの、訪れた沈黙が、それが無意味であることを物語っていた。――しかし。

「……この神の世でヒトの気配は目立ちますから、本来はとても難しいことです。しかし、芽衣の気配は牛頭天王によってすでに曖昧になっていますから、今ならば、私にもできなくはありません」

石長姫は芽衣の思いを察してか、気丈な声でそう言うと、戸の隙間から、いつか芽衣が石長姫に渡した和紙で折った蝶々(ちょうちょう)の箸(はし)置きを差し込む。

「これに術を込めましたので、身に付けてください。……そうすれば、芽衣の気配は誰にも探れなくなります」

「よかった……。ありがとうございます」

芽衣がほっとすると同時に、戸越しに石長姫の溜め息が聞こえた。

「……あなたは相変わらずですね。自分のことよりも、人のことばかりで」

「かいかぶりすぎです……。天さんが無事じゃないと、私が困るから……。それより、早く離れてください……。手遅れになる前に」

気付けば、石長姫の声はさっきよりもさらに掠れていた。

すると、まるで戸に縋るかのような小さな音が、コトンと響く。

「わかりました。……必ず、無事で会いましょうね」

「はい。……絶対」

芽衣が頷くと同時に、戸の向こう側の気配がスッと消えた。

たちまち孤独感に襲われ、芽衣は拳をぎゅっと握り、ひとまず石長姫がくれた蝶々を拾い上げる。

「……やらなきゃ」

幸い、小さくとも希望が見えたお陰か、ここへ来たときよりもずいぶん気分は回復していた。

ただ、時間の経過とともに症状が悪化することは明らかで、芽衣は早速備後へ向かおうと、戸を開け放つ。——すると。

まるで芽衣を待ち構えていたかのように、和紙の蝶々が屋根からひらひらと降りてきて、芽衣の前を舞った。

「……これって……」

石長姫が残していったものであることに間違いはないけれど、その意図はよくわからない。

手を差し出すと、蝶々は指先でほんの束の間羽を休め、それからふたたび飛び立ち、今度は森の奥へと向かって羽ばたいていく。

「もしかして……、案内してくれるの……？」

蝶々はなにも話さないけれど、それ以外に考えられなかった。

芽衣は石長姫の計らいに感動し、蝶々の後を追いながら、たちまち込み上げてくる涙を拭う。

正直、絶対にやり遂げると言ったものの、いざ行くとなるとわからないことだらけだった。

けれど、行くべき方向がわかるだけで、不安はずいぶん解消される。

芽衣は痛む体に鞭打って、森の中に足を踏み出した。

ただ、備後といえば現在の岡山にあたり、ここが霧島神宮の近くだとするなら、途方もない距離がある。

いったいどれくらいの日数がかかるのか想像もつかないし、それより、病気が進行する早さも、限界まで何日猶予があるのかすら不明で、到着まで体が持つかどうかすらわからない。

ただ、ひとつだけ確実に言えるのは、芽衣には、ただ進む以外に選択肢がないということ。

不安は限りなくあれど、やれるべきことがひとつしかないという状況は、思考が曖昧な芽衣にとってむしろ好都合だった。

とにかく余計なことは考えずに歩くしかないと、芽衣は自分に言い聞かせながら、ひたすら蝶々の後を追う。

しかし、――それから延々と半日歩き続けた頃。

ただでさえ弱っていた体力は限界を迎え、芽衣はその場に座り込んだ。

前を飛んでいた蝶々が引き返し、芽衣の肩に止まる。

芽衣はゆっくりと深呼吸をし、もう一度立ちあがろうとしたけれど、手も足も震えて上手くいかなかった。

半日歩き続けたといっても、備後までの長い距離を考えたら、おそらくほとんど距離を稼げていない。

こんなことでは永遠に着かないと、焦りばかりが込み上げてくる。

しかし、どんなに自分を焚き付けても、体は動いてくれなかった。

なんて無力なのだろうと項垂れ、芽衣は木の幹に体を預ける。

牛頭天王が芽衣のことを神の世で変化を遂げた異物だと表現したけれど、所詮自分はヒトであり、周囲の助けがなければなにひとつできないのだと、芽衣は改めて実感していた。

気付けば、周囲はすでに暗くなりかけている。

当然、寝る場所の当てなどあるはずもなく、それどころか、食べるものもない。

普段なら山菜を採ったり川魚を捕まえたりと、これまで山で培ってきた知恵を使うところだが、今の芽衣にそんな気力はなかった。

もういっそこのまま眠ってしまおうかと、芽衣はゆっくりと目を閉じる。――しかし、そのとき。

ふいに、どこからともなく、聞き覚えのある声が聞こえた気がした。

ふたたび目を開けたけれど、周囲には誰もいない。

もし誰かがいたら病気を移してしまうと、芽衣は注意深く周囲を見渡す。

すると、視線のずっと奥の方の木々の隙間で、なにかがキラキラと光っていることに気付いた。

「あれは……、池……？」

遠くてはっきりとはわからないけれど、その光り方には、まるで太陽の光が水面に反射しているような雰囲気がある。

水があるのではないかと思い立った途端、ほんの少し気力が湧いた。

芽衣はとにかく近くに行ってみようと、すでに限界の両足を無理やり動かし、ふたたび森を進む。

近付くにつれて光はより鮮明になり、間もなく、どうやら池があるらしいと確信を持った。

芽衣はまるで吸い寄せられるかのように、光に向かって無心で歩く。

やがて森が拓け、目の前に広がったのは、とても美しく大きな池。

そして、その光景を見た瞬間、芽衣は強い既視感を覚えた。

「ここ……、来たこと、ある……」

それは、決して錯覚ではなかった。見覚えがあると確信するやいなや、たちまち記憶が蘇ってくる。

真っ先に頭を過ったのは、水の底で泣き続ける美しい竜神の姿。

「お浪さん……」

　それは忘れもしない、竜神でありながら、ヒトの夫婦の悲願を叶えるためにヒトの子として生まれた、優しい神様の名。

　芽衣がお浪に出会ったのは、天照大御神の願いを聞いて、天とともにここへやってきたときのこと。

　つまり、この池は鹿児島の大浪池で間違いなかった。

　芽衣はなかば無意識に池のほとりへ足を進め、水際に腰を下ろす。

　沈みかけた太陽の光を鮮やかに映す水面を見ていると、そう昔のことでもないのに、懐かしさが込み上げて胸が詰まった。

　あのときは、お浪を求めて彷徨う夫婦の妖に襲われ、怖い思いもしたけれど、傍にはいつも天がいてくれた。

　思えば、それだけでどんな困難でもなんとかなる気がしたたし、立ち向かう気力がいくらでも湧いた。

　暖かい尻尾にくるまれて眠った寒い夜のことも、普段は冷静な天が芽衣のこととなると途端に取り乱す姿も、忘れられない。

　思い出しても寂しくなるだけなのに、振り払っても振り払っても次々と天との思い出が浮かんできて、勢いよく涙が溢れた。

芽衣は膝に顔を埋め、小さく嗚咽を漏らす。——すると、そのとき。

突如不自然な水音が響きはじめ、大浪池の水面が大きく盛り上がった。

大浪池の中から現れるとすれば、お浪しかいない。

自分の気配は石長姫の術で消えているはずだとすっかり油断していた芽衣は、慌てて後退った。

しかし、芽衣が身を隠す間もなく、池の底からお浪が姿を現す。

そして、芽衣と目が合うやいなや、途端に表情を綻ばせた。

「……おや、……ヒトの泣き声が聞こえると思い出てきてみれば、芽衣ではないですか」

「お浪さん……」

「私はずっと、あなたに会いたいと思っていました」

あまりに嬉しそうな声色を聞き、胸が疼く。

芽衣はさらに後退りながら、首を横に振った。

「だ、駄目です……、近寄らないでください……。私は今、神様たちにも移る病気に冒されています……！」

慌てて説明すると、お浪は動きを止めて瞳を揺らす。

「神にも移る病気、とは」

「牛頭天王様から、ヒトの世に帰るように言われて……、それで……」

「なんと……、そういう事情が。……それにしても、牛頭天王とはまたずいぶん厄介な神に目を付けられたものですね」

移ると言っているのに、どこかのんびりして見えるお浪の様子が、不思議と芽衣の心を落ち着かせた。

知った顔を見たせいかふたたび涙が込み上げ、芽衣はそれを雑に拭う。

すると、お浪は切なげな笑みを浮かべた。

「……いつかと逆ですね」

「逆……？」

「あのとき泣いていたのは私でした。……愛してやまない両親のことを思って」

「覚えて、ます……」

「ええ。私も永遠に忘れないでしょう。そして、私の涙を止めてくれたのは、芽衣でしたね」

「私は、なにも……」

「いいえ、あなたがいなければ今も泣き暮らしていたでしょう」

その優しい微笑みから、芽衣への感謝の気持ちが伝わってきた。

芽衣がしたことは些細なきっかけに過ぎないのに、お浪も石長姫と同じように、恩に感じてくれているらしい。

神様たちはなんて義理堅いのだろうと、芽衣は改めて思う。

すると、お浪はさらに言葉を続けた。

「芽衣、あなたの涙も、大切な者を思ってのものですか？」

「え……？」

「そういえば、今日は天殿がいませんね」

「……」

天の名前を聞くと、たちまち寂しさが込み上げてきた。

声を出すと余計に涙が出そうで、芽衣は口を噤む。

すると、お浪は事情を察したのか、大丈夫だと言わんばかりに微笑み、ゆっくりと頷いてみせた。

「気配を消したのは、そういうわけでしたか」

「わ、たし……」

「芽衣、……今度は、私にその涙を止めさせてください」

「でも……」

「あなたのためならば、どんなことでもしますから」

凛(りん)とした声が、芽衣の心に響く。

頼るわけにはいかないとわかっていながら、その頼もしさに胸が震えた。

しかし、芽衣は戸惑いながらも、首を横に振る。

「嬉しいです……。でも、お浪さんにこの病気を移してしまいたくないので、お気持ちだけで……」

遠慮すると、お浪は困ったような笑みを浮かべた。

「もちろん、私が自分はどうなっても構わないから助けたいなどと口にしたなら、芽衣を困らせてしまうとよくわかっています。ただ、私は竜ですから、水と鱗(うろこ)に守られていますし、たちどころに病気が移ってしまうことはありません。これだけ離れていれば、十分に安全です。……ですから、ひとまずあなたの目的を教えていただけませんか？」

まるで小さな子供を優しく説き伏せるかのような口調が、芽衣の不安を少しずつほぐしていく。

芽衣はお浪をまっすぐに見つめ、体調に変化がなさそうかどうかを注意深く確認し、それから小さく頷いてみせた。

「私は、備後に向かっています……。病気を治す方法があるかもしれないって、石長姫様が教えてくださって……」

「備後……？　芽衣一人で、ですか……？」

お浪は驚き目を見開く。

その表情が、いかに無謀な試みであるかを物語っていた。

「……はい。この病気はヒト以外にならず、神様にも化身にも妖にすらも移ります。ですから、誰にも頼るわけにいかず……」

芽衣が頷くと、お浪は眉を顰めた。

「……ですが、病気に冒された体でここから備後は……」

最後まで聞かなくとも、お浪が言いたいことはよくわかっていた。

大概のことに楽天的な芽衣ですら、実際に半日歩いてみた今、どれほど無茶な試みであるかを嫌という程実感している。

すると。

「芽衣、……もっと現実的な策を考えなければなりません。今のままでは捨て身も同然です」

ぐうの音も出ない現実をぴしゃりと言い放たれ、芽衣は視線を落とした。

「でも……」

「ヒトの知恵とは、偉大です。それは、私はもちろんのこと、あなたがこれまでに助けてきた多くの神々たちが証明する、明白な事実です。……それを、今回は自分自身のために使うべきでは……？」

「……たとえ知恵があったとしても、これまではたくさんの助けがあったからこそなんとかなっていただけで……」

「……私がいます。私では力不足でしょうか」

「そうでは、なくて……」

「では、考えてください。無策に突き進むだけでは、ヒトの世に戻る以上に望まない結末を迎えることもあり得ますよ」

お浪から諭され、芽衣は、目を逸らしていた現実とはじめて向き合った。

進むしかないから進むのだと、ただそれだけを胸にここまで来たけれど、お浪が言ったように、それが現実的でないことはもはや認めざるを得ない。

芽衣はなにも言えず、黙り込んで膝を抱えた。

ただ、ヒトの知恵と言われても今の芽衣の思考は使い物にならず、考えようと必死になれば、逆に絶望的な結末しか浮かんでこない。

そもそも、ヒト以外の手を借りられないのだから、方法があるとはとても思えなかった。

するとふいに、お浪の溜め息が響く。

「……芽衣。あなたはときに、自分の命も顧みずに手を差し伸べてしまうような面がありますが、私もまた、あなたには、それくらいしても構わない程の恩を感じているのです。あなたの肩に止まる蝶々の主も、おそらくそうでしょう。……芽衣、私は、──私たちは、あなたのためならば、少々の毒は喜んで飲みます」

力強い言葉に、芽衣は思わず顔を上げた。

「お浪、さん……」

「そして、私たちがあなたに望むのは、迷惑をかけられないことではなく、生きてくれることです。芽衣、……私たちから、あなたという大切な存在を奪わないでください。もっと我儘(わがまま)になり、そしてなにがあっても生きてください」

お浪の気持ちが、芽衣の心にまっすぐに刺さった。

芽衣の目的はもはや芽衣だけのものではないのだと言われているようで、孤独だった気持ちが和らいでいく。

同時に、病気のせいで辛そうにしながらも、絶対に成し遂げてほしいと言った、石長姫の姿が浮かんだ。

「そんな……。私が皆さんの助けになったのだとしても、それは結局自分の傷を治すためで……、天照大御神様にお願いされなければ、会うことすら叶わなかったのに……」

「それは、引け目を感じることではありません。すべては芽衣自身が引き寄せた巡り合わせであり、それを幸運だと思うならば感謝すればよいだけの話です。……そもそも天照大御神は、こんなときのために、あなたにたくさんの協力者を作ってくださったのではないでしょうか」

「たくさんの……、協力者……？」

芽衣は目を見開く。

その瞬間、天照大御神に対して密かに不思議に感じていたことが、たちまち払拭されていくような感覚を覚えた。

というのも、天照大御神は芽衣が初めて傷を見せに行った当初、原因ははっきりわからないと、ただ、ヒトでなくなりかけているのなら、ヒトの知恵を使えばよいという助言をくれた。

それからというもの、天照大御神からの御用を聞くたびに確かに傷は少しずつ塞がったけれど、結局、傷の原因は穢れによるものだという事実が判明した。

それから穢れを祓い、傷が塞がった後にふと芽生えた疑問は、天照大御神がそんなことを知らないなんてことがあり得るだろうかというもの。

傷のことが解決した以上、わざわざ時間を作ってもらってまで尋ねてみようという気は起こらなかったけれど、なんとなく、それは芽衣の頭の片隅にずっと引っかかっていた。

「まさか、そんなことが……」

お浪が語ったのは、天照大御神はいずれ芽衣が向き合うであろう困難を見越した上で、全国の神様の元へ行かせたのではないかという推測。

もしそれが事実だったらと思うと、感謝や嬉しさを通り越して、体が震えた。

「とはいえ、真相はわかりません。ですから、すべて解決した後に、是非ご自分で聞きに行かれてください」

「お浪、さん……」

「なんとしても生きねばならないという気持ちになりましたか？」

胸がいっぱいで、芽衣は次々と流れる涙を拭いもせず、何度も頷く。

するとお浪はようやく満足そうに微笑んだ。

「では、――まず考えなければならないのは、あなたをすぐに備後に送り届ける方法ですね。……牛頭天王が操る疫病はとても強く危険ですから、協力者は慎重に選ぶ必要があります」

「……でも、この病気が平気な神様なんて……」

「平気でなくとも、比較的耐えられる者ならばよいでしょう。先ほども言った通り、私も鱗と水に守られていますが、備後まで持ち堪える保証はできません。私に万が一のことがあれば、芽衣はきっと自分のことなど二の次にしてしまうでしょうから、別の者がよいでしょうね」

お浪の考察は、とても冷静で、正直だった。

それも、芽衣に無理をさせまいという優しさからくるものなのだろう。

ただ、竜の鱗ですらも危ういのなら、頼るべき相手は極めて限られる。

「竜神様たちよりも丈夫な体をお持ちの神様……」

芽衣には想像もできず、頭を抱えた。

すると、お浪はしばらく静かに考え込んだ後、ふと芽衣を見つめる。そして。

「その病気がヒトには移らないということなら、……比較的ヒトに近い神ならどうでしょうか」

その言葉に、芽衣はふと顔を上げる。

「ヒトに近い神様、ですか……?」

「ええ。……できれば頑丈な竜であり、芽衣を容易く運ぶことができ、多少の危険は請け負ってくれる者が。……心当たりは、ありませんか」

それは、問いというよりは、もはや確認のような響きだった。

芽衣には、お浪が言った通りの、――まさに、かつてヒトであった心優しい竜に、心当たりがある。

「……八郎太郎さん、なら……」

その名を口にすると、お浪は満足そうに笑った。

「おや。……最適ですね。八郎太郎の心は今もなおヒトに近く、良くも悪くも、自らを神として祭られることに酷く恐縮していますから」

「ご存知、なんですか……?」

「もちろん。……それに、ついこの間、渇きに苦しむ八郎太郎がヒトによって救われたという話を、耳にしたばかりです」

それを聞いた瞬間、やはり、お浪は最初から八郎太郎の存在を思い浮かべていたのだと察した。

あえて答えを委ねるような言い方をする理由は、おそらく、すっかり弱気になっていた芽衣に、誰かの言いなりではなく自ら生きるための術(すべ)を導き出させようという意図なのだろう。

現に、八郎太郎の存在を思いついた芽衣に、お浪はまるで試すかのような真剣な目を向けた。

「では、芽衣。――八郎太郎に頼りますか？」

静まり返った空気の中、お浪の真剣な問いが響く。

いつもの芽衣ならば、迷惑をかけたくないとか、苦しめたくないとか、さまざまな思いが過ってしまうところだが、お浪の導きのお陰か、もう心は決まっていた。

「……私を、助けてくれるでしょうか」

戸惑いながらそう言うと、お浪は優しく目を細める。――そして。

「それは、会えばわかることです。……早速呼びましょう」

そう言うやいなや、突如、辺りに不自然な風が吹いた。

それはみるみる勢いを増し、小枝や砂や池の水までをも舞い上げながら、大きな渦となった。

芽衣は突然のことに動揺し、咄嗟に顔を覆う。

ただ、そんな状況の中、芽衣は徐々にはっきりしていくよく知る気配に気付いていた。

気持ちがはやり、芽衣はまだ風が止まないうちに目を開ける。

その瞬間、芽衣を見下ろす大きな目に捕えられた。

「――芽衣」

穏やかな声で名を呼ばれ、涙が滲む。

目の前にいたのは、つい最近酷い渇きを癒すためにともに旅をした、八郎太郎だった。

芽衣は駆け寄りたい衝動を抑え、わずかに距離を取る。

「八郎太郎さん……」

「大浪池の竜神に呼ばれるとはなにごとかと思ったが、……まさか芽衣と会えるとは。急いでやってきた甲斐があった」

優しい言葉が、心にじんと響いた。

胸が詰まってなにも言えなくなってしまった芽衣に、八郎太郎は姿勢を低くして鼻先を寄せる。

「ち、近寄っては……」

「大丈夫だ、事情は察している」

「いつの、間に……」

「竜にヒトのような言葉は必要ない。……そんなことより、私に願いがあるとか」

おそらく、それもお浪から伝わっているのだろう。

まだなにも言っていないというのに、すでにその目に迷いはなかった。

芽衣は戸惑いながらも八郎太郎を見つめ返す。

「あの……、八郎太郎さん……、こんなに私の近くにいて、苦しくはありませんか……？」

「ああ、いつも通りだよ」

「本当に……？」

「私にとって、酷い渇き以上に苦しいことなどない。……あの苦しみから救ってくれたのは、芽衣だっただろう。私の助けが必要ならば、遠慮などいらぬ。なんでも言うといい」

八郎太郎までもが石長姫やお浪と同じことを言い、心がぎゅっと震えた。

芽衣は本当にいいのだろうかと不安を覚えながらも、ゆっくりと口を開く。

「もしかしたら、八郎太郎さんを苦しませてしまうかもしれませんが……」

「うむ」

「私を……、備後まで連れて行っていただけませんか……？」

「ああ、構わぬ」

あまりの即答に、ふたたび視界が滲んだ。

けれど、芽衣はそれを拭うこともせずに八郎太郎を見上げる。

「本当に、いいんですか……？　無事でいられるかどうか、わからないのに」

「無事でなくともいっそ構わぬ。だが、無事でなければお前が悲しむという話なら、無理はしない。芽衣が心配することはなにもないよ」

「ありがとう、ございます……」

弱々しくお礼を口にする芽衣を見ながら、八郎太郎とお浪が顔を見合わせ目を細めた。

そして。

「では、芽衣のことは八郎太郎に任せます。……芽衣、これで終わりではなく、備後に着いてからが本番ですから、私たちの思いを汲んでいただけるのならば、無茶はしないでくださいね」

「はい……、肝に銘じます」

「では、……最後に、私になにか願いはありませんか。……どんな些細なことでも構いません」

「そんな、これ以上は……」

「いいえ、なんなりと言ってください。必要なものでも、……または、知りたいことでも」

「知りたい、こと……」

そう言われた瞬間、ふいに頭を過ったのは天のこと。

考えてみれば、天は今どういう状況なのか、芽衣の現状をどこまで察しているのか、まったくわかっていない。

「お浪さん……、では、天さんが今どうしているのか、教えていただくことはできますか……？」

少し怖いと思いながらも、芽衣はそう口にする。

すると、お浪は頷き、芽衣を池の際まで招いた。そして。

「では、こちらに映しましょう」

そう言うと同時に、水面に大きく波紋が広がる。

やがて、徐々に凪いでいく水面に映し出されたのは、森の中をすごい勢いで駆け抜ける狐姿の天。

「天さん……！」

「あなたの気配を見失い、捜しているのでしょう」

「ということは……、私の異変に気付いてるんですね……」

「少し、時を遡りましょう」

ふたたび水面に波紋が広がり、次に映し出されたのは、血相を変えて牛頭天王に掴みかかる天の様子。

その横には、荼枳尼天の姿もあった。

芽衣は思わず身を乗り出し、あやうく池に落ちそうになりながら、慌てて踏みとどまる。

目の前に映し出された光景は、それくらい衝撃的だった。

それを見てまず察したのは、牛頭天王の来訪にはやはり荼枳尼天が関わっていたのだという事実。

タイミング的にもそうに違いないと思ってはいたものの、放つ空気感がよく似た二柱が並ぶ光景は、妙にしっくりくるものがあった。

以前荼枳尼天が来訪したとき、天を呼び戻すのは芽衣が死んだ後にすると話していたけれど、映し出された光景を見る限り、おそらく事情が変わったのだろう。

ただ、今の芽衣にとっては、牛頭天王や荼枳尼天よりも、明らかに取り乱している天のことが気がかりでならなかった。

牛頭天王に掴みかかる天は、ヒトの姿をしていながらも牙(きば)を隠せておらず、その目も明らかに正気ではない。

しかし、体つきが天の倍ほどある牛頭天王はびくともせず、横に座る荼枳尼天もまた、面倒そうにその様子を眺めていた。

声は聞こえず、話している内容まではわからないけれど、見たことがないくらいの動揺を見せる天の姿に、芽衣は張り裂けそうな程の胸の痛みを覚える。

やがて天は二人の前から勢いよく走り去ったかと思うと、狐に姿を変えながら森の中へと飛び込んでいく。

同時に、水面に波紋が広がった。

終わりかと思いきや、次に映し出されたのは、ふたたび森の中での光景。

やや憔悴(しょうすい)した様子の天と、正面に立つ石長姫の姿が見える。

天はさっきよりは多少落ち着いて見えたけれど、石長姫を前に、憤りを噛(か)み殺すかのような表情で、必死になにかを伝えていた。

そんな天に対し、石長姫は俯いたまま、繰り返し首を横に振っている。

天はおそらく、芽衣の居場所を尋ねているのだろう。

二人ともあまりに辛そうで、いっそ目を逸らしてしまいたかったけれど、すべての要因は自分にあるのだからと、芽衣は黙ってそれを見守った。

お陰で、大切な者たちにこれ以上苦しい思いをさせないためにすべきことがより明確になった気がして、芽衣はゆっくりと立ち上がる。

「お浪さん、ありがとうございました。……八郎太郎さん、私を備後までお願いします……」

体の辛さも息苦しさも相変わらずなのに、その声には自分でも驚く程の決意が滲んでいた。

お浪と八郎太郎が、同時に頷く。

「芽衣らしい表情に戻りましたね」

お浪は少しほっとした様子で、穏やかに微笑んだ。

芽衣が頷くやいなや、八郎太郎が突如芽衣の襟首(えりくび)を咥(くわ)え、背中に乗せる。

「……ほんの束の間だが、そこで休んでいろ」

「ありがとうございます……」

「では、行こう」

芽衣が頷くと、八郎太郎はふわりと宙に浮いた。

芽衣は乗り慣れない不安定な背中に両腕を回し、必死に掴まる。

そして。

「芽衣。私はここで祈っています。……あなたが望む結末を迎えられるように」

お浪の少し意味深な言葉を最後に、八郎太郎は景色も見えない程の速さで空高く翔(か)け上がった。

あっという間に大浪池が見えなくなり、眼下に広がる景色も、まるでジオラマのように小さくなっていく。

以前にも八郎太郎の背中に乗ったことはあるし、天狗(てんぐ)をはじめ、空を移動できる神様に運んでもらったことはこれまでに何度かあるけれど、ここまで高い場所を飛んだのは初めてだった。

「芽衣、日の落ちかけた空はヒトには少々冷えるが、少し堪えてくれ」

八郎太郎が心配そうに振り返り、芽衣は頷く。

確かに辺りの空気は夏とは思えない程に冷たく、それ以上に恐怖心もあった。

ただ、眼下を見下ろしながら、自分はこの距離を歩いて向かおうとしていたのかと、芽衣は改めて無謀さを痛感していた。

やがて日没を迎え、景色がまったく見えなくなった頃、八郎太郎は徐々に速度を緩め、森の中へ下りる。

どうやら備後に着いたようで、八郎太郎は少し拓けた場所で姿勢を低くし、芽衣を地面に下ろした。

芽衣はお礼を言おうと、正面に回り込んだ。

しかし、そのとき。

八郎太郎の虚ろな目を見て、たちまち嫌な予感が過る。

「八郎太郎、さん……？」

「まさか……」

答えを思いつくよりも早く、芽衣は慌てて八郎太郎から離れた。

すると、八郎太郎は息を乱しながらも、首を横に振る。

「気にすることはない」

「私の病気のせいです、よね……」

「ずいぶん久しぶりに急いだせいもある」

「だけど……！」

「……芽衣。無事でなくても構わぬと言ったはずだ。……こちらはすでに承知のこと。いちいち気にしていては先に進めぬと、ついさっき納得したはずだろう」

確かにその通りだが、だからと言って、具合が悪そうな八郎太郎を見て動揺せずにはいられなかった。

強靭な鱗に守られ、竜神となった今もなお心がヒトに近い八郎太郎ですらこうも弱ってしまう病気の威力に、芽衣は恐怖を覚える。

ただ、それをも承知だと言ってくれた八郎太郎の思いを無下にできず、芽衣は震える指先を強く握り込んだ。

「……ありがとう、ございます」

なんとか口にしたお礼は弱々しく震えていたけれど、八郎太郎は満足そうに目を細めた。

「それでよい。……大浪池の竜神が言っていた通り、芽衣にとってはここからが本番だろう。後悔がないよう、思うようにやるといい」

「はい……」

「では、……私は戻るが、ずっと祈っている」

「本当に、ありがとうございました……」

八郎太郎はかなり弱っているように見えたけれど、あくまで気丈に笑い、芽衣がお礼を言うと同時にふたたび空へ翔け上がった。

芽衣はその姿が見えなくなるまで見送り、それから、しんと静まり返った森をぐるりと見渡す。

知らない森は、木々がざわめく音ですらとても不気味に感じられた。けれど、本来ならばこんな状況の中を何日もかけて歩かなければならなかったのだと思うと、甘えたことは言っていられなかった。

お浪や八郎太郎との出会いに感謝しながら、芽衣はひとまず傍の木の根に腰を下ろす。

本来なら一刻も早く素盞鳴神社に向かいたいところだが、月明かりしかなく頼りない視界の中を彷徨い歩けば、体力も気力も余計に消耗してしまう。

せっかく八郎太郎が温存させてくれた体力を無駄にするよりはと、芽衣は森の中で夜明けを待つことにした。

いずれにしろ、徐々に病気に蝕(むしば)まれている体では、あまり無理はできそうにない。

現に、ただ座っているだけなのに、息苦しさは増す一方だった。

「……思ったより、持たないかも……」

掠れたひとり言が響く。

すると、まるでその言葉に答えるかのように、和紙の蝶々が芽衣の目の前をひらひらと舞った。

美しい模様の羽がひらひらと規則的に動く姿は何度見ても美しく、心がわずかに癒されていく。

芽衣がそっと手を差し出すと、蝶々はゆっくりと近寄り、指先に止まった。――しかし。

突如、蝶々の羽の先がじわじわと黒ずみはじめる。

そして、なにが起きたのかわからず固まる芽衣の目の前で、蝶々の片方の羽がボロッと崩れ落ちた。

「なん……」

咄嗟に手を差し出したものの、崩れ落ちた羽は芽衣の手のひらに落ちる前に灰となり、跡形もなく散っていく。

片方の羽を失った蝶々は、まるでただの和紙に戻ってしまったかのように動きを止め、やがて羽と同様に脆く崩れて風に攫われていった。

それは、あまりにあっという間の出来事だった。

芽衣の頭は真っ白で、ついさっきまで蝶々が止まっていた指先からしばらく目を逸らすことができなかった。

「そんな……」

ひとり言が、森に吸い込まれていく。

考えられる原因は、芽衣の病気以外にない。

蝶々は元々ただの和紙だけれど、石長姫の術がかけられているせいか、少なからず影響があったのだろう。

病気の恐ろしさは十分にわかっていたはずだったけれど、蝶々すらも脆く崩れていく光景を目の当たりにしてしまうと、恐怖が抑えられなくなった。

八郎太郎は、お浪は、石長姫は、――自分を助けてくれた神様たちは本当に無事だろうかと、不安ばかりが浮かぶ。

けれど、今の芽衣にそれを確認する術はない。むしろ、今の芽衣にできることは、ひとつしかなかった。

「絶対に無事でいなきゃ……」

お浪は芽衣に、なにがあっても生きろと、それが望みだと言ってくれた。

本当は今すぐに戻って無事を確認したいくらい不安だけれど、下手な行動を取れば、お浪の思いを裏切ってしまう。

頭がまともに働かない中、お浪がくれた言葉を思い出せたことだけは、芽衣にとって幸いだった。

とにかく明るくなったらまず素盞鳴神社に向かい、それから蘇民将来を捜して茅の輪のお守りについての話を聞かねばならないと、芽衣はやるべきことを頭の中で何度も繰り返す。

やがて、少し気持ちが落ち着いた頃、芽衣は少しでも休息を取るために、膝を抱えて目を閉じた。

ただ、頭はすっかり覚醒してしまって、眠れそうな気配はなかった。

そんな中、ふいに頭に蘇ってきたのは、すごい剣幕で牛頭天王に掴みかかっていた天の姿。

見たことがない程に怒りを露わにした天の姿は、なんだか痛々しく、思い出すと心が酷く疼(うず)いた。

自分のせいであんな顔をさせてしまったことが、辛くてたまらない。

天は今どうしているのだろう。まさか、まだ走り回っているのではないだろうかと、想像するうちに目の奥が熱を持つ。

「天さん……」

無意識に零した名が、静まり返った森に小さく響いた。

これまで、どれだけその名を呼んできただろうかと、ふと考える。

そして、これからも傍にいて毎日その名を口にする未来を、どれだけ願ってきただろうと。

それが、こんなにも突然会えなくなってしまうなんて、穢れを祓ってすっかり気が緩んでいた芽衣に、予想できるはずがなかった。

いっそ茶枳尼天から隠れず、なんとしても傍にいればよかったとも思うけれど、すべては今さらであり、そもそもなにが正解かなんて判断しようがない。

「天、さん……」

悩めば悩む程、愛しい名が勝手に口から零れた。——そのとき。

「——やけに森がざわめいていると思ったら、とんでもない厄災を見つけてしまったものだ」

突如上から降ってきた、聞き覚えのない声。

咄嗟に見上げたけれど、暗い上に物音ひとつせず、声の主はどこにも見つけられなかった。

「……誰、ですか」

たちまち緊張が膨らみ、芽衣はおそるおそる上を見上げて尋ねる。

しかし返事は戻ってこず、その代わりに小さな笑い声が響いた。

その声は驚く程穏やかで、張り詰めていた心がふっとほどけていくような感覚を覚える。

油断すべきでないと思っていながらも、少なくとも攻撃的な雰囲気は感じ取れず、芽衣はほっと息をついた。

「……誰だか知りませんが、……私には、近寄らない方がいいですよ」

芽衣は警戒を緩め、そう呟く。

すると、ふたたび響く、笑い声。

「言われずとも、厄災には近付かぬ。森の住民たちにも離れるよう伝えた」

「……厄災って、私のことですか」

「もちろん」

「……」

はっきりと肯定され、芽衣は視線を落とした。

当然だと思う一方で、厄災というあまりにも重い響きが、全身にずっしりと伸し掛かってくる。

「……では、あなたも早く去ってください」

もし興味本位で近付いてきただけなら今はとても相手にしている気力はないと、芽衣はぶっきらぼうにそう言い、ふたたび膝に顔を埋めた。

しかし。

「そうするつもりだが、——その前に、ひとつ教えてやろう。お前から溢れ出ている孤独は、その病の餌となる。前を向かねば、その小さな体はあっという間に蝕まれるよ」

「餌……？　というか、私の病気のことを知ってるんですか……？」

妙に訳知りな口調が気にかかり、芽衣は顔を上げる。すると。

「ところで、孤独な男の話を聞くかい？」

質問とは無関係な言葉が返ってきた。

会話が噛み合わないことに煩わしさを覚えながらも、強引に軌道修正する気も起こらず、芽衣は溜め息をつく。

一方、どうせたった一人で朝まで待つつもりだったのだから、たとえなんの意味もない雑談だったとしても、話し相手がいるだけで少しは気が紛れるかもしれないという思いもあった。

「……孤独な男、ですか」

聞き返すと、楽しげな笑い声が響く。

「ああ。大昔、――ほんの束の間のことだが、私はその男の旅に連れ添ったことがある。その男は七尺五寸の背丈に強靭な体を持ち、目はいかにも獰猛にギラギラと光り、あまりの恐ろしさから誰一人近寄る者はいなかった。根は見た目とは違い実直な男だったが、やがて孤独が心を蝕み、見た目通りの粗暴な行いをするようになったのだ。そうなれば、もはやまともに相手できる者など存在しなかった」

「そんな恐い男と、どうして旅なんて……」

「あまりに哀れに思えたからだ。……ひとつくらい、救いがあってもよいのではないかと」

「救い……？」

「ああ。……私は、恐ろしい見た目に惑わされずに、心をわかってくれる者を妻として娶るよう助言した。そうすれば、荒御霊と和御霊の均衡が取れるだろうと。そして、私はその相手として適した者に心当たりがあった。私が連れ添ったのは、その者の元へと向かう旅だ」

「……それで、どうなったんですか」

気付けば、芽衣は声の主の話に聞き入ってしまっていた。

声の主はさも狙い通りとばかりに、わざとらしく咳払いをした後、ふたたび語りはじめる。

「当初、男は乗り気でなかった。……長年の孤独は、男をすっかり卑屈にしてしまったのだ——」

声の主の話によると、妻を娶れという提案を受けた男は、自分なんかの元に誰が嫁に来るものかと、最初はまったく聞く耳を持たなかったらしい。

しかし、声の主には、自信があった。

というのも、男に勧めた相手とは、大変美しい心を持つことで有名な、頗梨采女という名の姫神。

頗梨采女は、男と同じくらいに恐ろしい見た目を持つ娑伽羅龍王の娘として溢れんばかりの愛情を注がれて育ったため、誰であろうと見た目で判断することなく、心の奥の実直さを感じてくれるだろうと考えていた。

やがて、説得するうちに、次第に男の気持ちにも変化が起こる。

ただ、頗梨采女の居場所は大海の中であり、男の居場所からはずいぶん離れていた。

そこで、声の主が案内を買って出て、ともに旅をすることになったという経緯らしい。

「――結果、頗梨采女は長い旅路を重ねて会いにきた男を歓迎した。そして、私が考えていた通りに、男を怖がるどころか深く同情し、すぐによき理解者となり、やがては妻となった。……そうして、男は孤独から脱却したのだ」

「……素敵な話、ですね」

「ああ。……男は今もまだ恐れられているが、決して横暴ではない。……すべての行動に信念を持ち、正しくあろうとしている」

「……」

その話を聞きながら、芽衣は薄々、気付きはじめていた。

声の主が語る男が、誰を指しているかを。

「……その男って、もしかして……、頭に大きな角がありますか」

わずかな、沈黙。

「ああ、あるね」

やはりと、芽衣は思う。

「どうして私に……、――牛頭天王の話をするんですか」

芽衣は、声の主が語る内容を聞きながら、早い段階で牛頭天王のことを連想していた。

恐ろしい見た目のことや、過去に粗暴な行いをしていたという話も手懸りになったけれど、なにより、わざわざ芽衣にその話をしたことが一番の決め手だった。

すると、声の主は含み笑いを零す。

「お前の体から、牛頭天王の気配がするからだ」

「……なら、牛頭天王によって病気に冒されていると知って、私に話しかけてきたんですね」

「そうなるな」

「……それで、目的はなんですか。……まさか、牛頭天王は悪い奴じゃないから、なにをされても許してやれとでも言いたいんですか」

「おやおや、やはり孤独とは、すぐに心を荒ませるね」

そう言われ、芽衣は、自分の心が声の主の言う通りすっかり荒んでしまっていることを自覚した。

普段の自分なら、少なくとも、初対面の相手にこんな言い方は選ばないはずなのにと、途端に我に返る。

「……すみません。……教えてくれたのに」

心の中は、混沌（こんとん）としていた。

とにかく体が辛くてたまらないことも、声の主に当たってしまったことも、なにもかもがいっしょくたになって冷静さを奪っていく。

これまでは無謀なりにも信念を持っていられたのに、今は自分自身の心すら上手く扱うことができなくなっていた。

「……」

「どうした。……辛そうだね。思ったまま言ってみるといい」

そんなタイミングで優しい声をかけられ、途端に涙腺が緩む。

「……私、やっぱり……」

泣き言なんて言いたくないのに、勝手に言葉が流れ出て止められなかった。

「天さんがいなきゃ……、なにも上手くいかな……」

嗚咽が込み上げ、最後まで口にできないまま顔を覆う。

声の主にとっては意味のわからない訴えだとわかっているのに、感情が溢れてどうにもならなかった。

「……もう、……ずっと会いたくて、たまらないんです……」

「天とは」

「狐、です……。私の、世界一大切な……」

「狐か。一方、お前はヒトだね」

「そう、でしたが……、私はもうヒトですらないと、……異物だと言われましたし……」

「……なるほど察した」

「え……？」

芽衣がふと顔を上げると、突如、暗闇の中に翼をはためかせる音が響く。同時に頭上の枝が大きく揺れ、芽衣の上に枯れ葉が降り注いだ。

どうやら枝に止まっていた鳥が飛び去ったようだと、芽衣はしばらく俯いてやり過ごす。

やがて森は静まり、芽衣がそっと目を開けた――瞬間。

少し離れたところから芽衣を見つめる、小さな鳩と目が合った。

「え……？」

何故こんなところに鳩がと思いながらも、月明かりに照らされ美しい光沢を放つ羽に、芽衣は思わず見入ってしまった。

鳩はこてんと首をかしげる。——そして。

「異物というのは、少し大袈裟な表現だね」

突如、驚く程流暢にそう口にした。

芽衣はたちまち混乱したけれど、すぐに、その声がさっきまで聞こえていたものと同じだと気付く。

つまり、芽衣の話し相手はこの鳩だったらしいと、芽衣はしばし唖然とした。

しかし、すぐにハッと我に返る。

「そんなに近付いては……！」

慌てて離れようとしたものの、立ち上がった瞬間に全身に強い痛みが走り、そのまま地面に崩れ落ちた。

一方、鳩はそこからじっと動かず、小さくまん丸な目で芽衣をじっと見つめる。

「私のことは気にするな。わずかだが、他の者より耐性がある」

「耐性……？」

「それよりも、言葉を喋る鳩を見ても平然としているとは、お前は思った以上にこの神の世に染まってしまっているようだ。……名をなんと言う」

「芽衣、です。……あなたは」

「名はない。鳩でよい」

「鳩……さん、ですか」

鳩は、小さく可愛らしい姿にはそぐわない、いっそ崇高ともいえる不思議な雰囲気を持っていた。

そのチグハグさに、芽衣は戸惑う。

けれど、鳩を見ているうちに、ふいに、石長姫から聞いた話が頭を過った。

「そういえば……、石長姫からも、牛頭天王がその昔、女性に結婚を申し込むために旅に出たという話を聞きました……。確か、鳩の使いと一緒だったって……」

それは、石長姫から聞いていた話と、ついさっき鳩が語っていた話が頭の中で一致した瞬間だった。

鳩は満足そうに喉を鳴らす。

「ふむ。その鳩とは私のことだろうね。旅を提案した身として、牛頭天王が妻を娶るその日まで共にいた」

「ってことは……、道中で道に迷って村を訪ねたときも、一緒に……」

「ああ。よく覚えている」

返事を聞いた瞬間、心臓がドクンと大きく鼓動した。

つまり、この鳩は牛頭天王が蘇民将来に茅の輪を渡す一部始終を、近くで見ていたということになる。

蝶々が消えてしまった今、これからのことになんの策もなかったけれど、鳩との出会いは芽衣にとってこれ以上ない幸運だった。

「あの……、私を、蘇民将来さんのところまで案内していただけないでしょうか……」

芽衣ははやる気持ちを抑えられず、鳩にそう尋ねる。

すると、鳩は芽衣をじっと見つめた。

「……蘇民将来、か」

訪れた、長い沈黙。

それは、芽衣にとって永遠のように感じられる時間だった。

そして。

「つまり、――茅の輪の力にあやかってその病気を治し、異物でありながら神の世に留まりたい、というのが芽衣の希望だね」

ふいに、鳩がそう呟く。

異物でありながら神の世に留まりたいという言葉は心に重く響いたけれど、今は、気にしている場合ではなかった。

「……その通りです」

「無理に留まれば留まる程、お前という存在がどうなるか、——それこそ真の意味での異物となるかもしれぬが、それも承知か」

「はい」

「変化を遂げるたびに牛頭天王のような者が排除しようと現れ、それはおそらく永遠に続くが、それでも構わぬと」

「……はい」

次々と口にする鳩の言葉は、正直、とても恐ろしかった。けれど、芽衣には頷く以外に選択肢がなかった。

すると。

「何故、たかだか狐のためにそこまでこの世にこだわる」

淡々としていた鳩の声色が緩み、芽衣もわずかに緊張を解く。

そして、心に天のことを思い浮かべた。

「……必要としてくれるからです。……ここは、私が本来いてはならない場所だってわかってますけど……、それでも天さんは私を必要としてくれて、居場所をくれるんです。……だから、どうしてもここに居たいんです」

天のことを話すと、まるで条件反射のように心が震えた。

会いたいと、顔が見たいという衝動が溢れだしそうになって、芽衣はそれを抑えるために拳をぎゅっと握る。

「居場所か。……しかし、たとえ留まったとしても、お前はおそらく今以上に苦しむよ。……牛頭天王は、自分が圧倒的に異質であり、周囲から浮いてしまう苦しみをよく知るからこそ、お前をあるべき場所へ戻そうとしている。……いわば、慈悲とも言える。それでも、抗うかい?」

「抗います。……だってここは、生まれて初めて自分の居場所だと思えた場所ですから。……私を思ってのことだったとしても、私は、自分の居場所は自分で決めたいんです……」

迷いなくそう口にすると、ふたたび、沈黙が流れた。

鳩は、ガラス玉のように表情を映さない目を、ただまっすぐに芽衣に向ける。——そして。

「……生まれて、初めてと言ったかい?」

唐突に沈黙を破った問いは、芽衣にとって想定外なものだった。

「え……?」

「ヒトの世に、居場所はなかったと？」

「ヒトの世、には……」

そう言われ、芽衣は久しぶりにヒトの世で過ごした日々を思い浮かべた。

二十年以上も暮らした場所なのに、やはり、いざ思い出そうとするとなかなか上手くいかない。

しかし、高校を出た後、事業に失敗してばかりの父から逃げるように家を出た日のことは、今もはっきりと覚えていた。

「居場所だと思えたことは……、なかったと思います」

「……ほう」

「物心ついた頃から母はいませんでしたし、奔放な父にとって、私はきっとお荷物でしかありませんでしたから」

「父親が憎いか」

「いえ、憎んでなんていませんし、嫌いなわけでもありません。仕方がない人ではありますが、きっと私がいることで父なりに多くの制約を感じていただろうと、むしろ申し訳なく思ってます。……きっと私たちは、離れていた方がいいんです」

「なるほど」

語りながら、芽衣は、鳩がわざわざそんなことを聞く理由を考えていた。

客観的に見れば、ヒトの世に未練ひとつ残さずに神の世にこだわる芽衣が、薄情に映っても仕方がない。

ただ、芽衣には、もういい大人なのだから、自分で生きる場所を選ぶのは当然だという思いがあったし、それがたとえ普通に行き来できない場所だったとしても、そこは重要なことではないと考えていた。

鳩はなにも言わず、芽衣を見つめる。

まるで心の隅々まで探られているような居心地の悪さを感じながら、芽衣はその目を見つめ返した。

すると、そのとき。

「お前は、間違ってはいない。――ただ、大切なことを忘れている」

ふいに鳩が口にした言葉に、芽衣は思わず動揺する。

「大切な……こと……？」

聞き返しながら芽衣の頭を過っていたのは、牛頭天王が口にしていた、まったく同じ言葉。

芽衣には、二人の言う「大切なこと」に心当たりはない。

ただ、妙な胸騒ぎを覚えた。

「ああ。私は、覚えておくべき大切なことだと思うよ」

「……なんの話ですか」

「ただし、ヒトはほんの束の間の命の中で、あまりに多くのことを経験する。……忘れてしまうのは自然なことかもしれない」

「……勿体(もったい)ぶらないで、教えてください」

鳩のじれったい言い回しに、芽衣の不安が膨らむ。

しかし、鳩は芽衣の問いには答えず、小さく喉を鳴らした。張り詰めた空気の中、鳩の特徴的な鳴き声が遠くまで響き渡る。——そのとき。

突如、芽衣の視界が真っ白になった。

同時に、周囲から音も風もなにもかもが消え、地面の感触すらも曖昧になる。

そのときの芽衣が覚えていたのは、ふわふわと宙に浮いているかのような感覚。

苦しさも体の痛みもすっかり消え、まるで夢を見ているかのようで、決して不快ではないものの、だんだんと、自分の体はいったいどうなってしまったのだろうという不安が膨らみはじめる。

やがて、まさかこのまま意識を奪われ、神の世から排除されてしまうのではないだろうかと、もっとも最悪な予想までもが頭を過った。
——天さん……！
咄嗟に天の名を叫んだつもりが、声は出ない。
しかし、そのとき。
「——よく見ておいで。それから、ゆっくり考えるといい」
まるで頭の中に直接語りかけられるかのように、はっきりと鳩の声が響いた。
すべては鳩の仕業なのだと察し、ほんの少しだけ恐怖が緩む。しかし。
——見るって、なにを……。
その問いかけへの答えは返ってこなかった。
やがて、真っ白な景色の端に、じわじわと色が滲みはじめる。
元に戻れるのかもしれないと、ほっとしたのも束の間。
「——この子、本当に泣かないよね。大丈夫かな」
突如、誰かの顔が間近に迫り、ドクンと心臓が跳ねた。——けれど。
やけに心配そうに見つめるその顔に、芽衣は見覚えがあった。
——お父、さん……？
それは、芽衣が記憶している姿よりもずいぶん若いものの、間違いなく、芽衣の父だった。

父は芽衣の顔を覗き込み、不安気な表情を浮かべる。

これはいったいどういうことかと、芽衣はただただ混乱していた。そして、目の前の父は本物なのだろうかと、なかば無意識に手を伸ばす。

しかし、視界に映った自分の手は、見慣れたものではなかった。

それはあまりにも小さく、ふわふわと柔らかそうで、ほんのりとピンク色をしている。

わけがわからず頭が真っ白になった芽衣を他所に、父は突如嬉しそうに目尻を下げ、芽衣が伸ばした手をそっと握った。

「ちょっ……、愛ちゃん……！　今の見た……？　今、芽衣が俺に手を伸ばしてきたんだけど……！」

父は目をうるうるさせながら、もう片方の手で芽衣の頬を撫でる。

すると、父の背後から、少し呆れたような溜め息が聞こえた。

「もう、ずっとその調子なんだから……。それより、そんなにじっと見られてたら、芽衣が寝られないじゃない」

芽衣の心臓が、ふたたびドクンと大きく揺れる。

父の横に現れたのは、写真でしか見たことのない、——母・愛の姿だった。

——お母、さん……？

母は父を責めながらも幸せそうに笑っていて、芽衣の乱れた布団をそっと直す。

「そ、そうか……、そうだよな、ごめん、芽衣。……でも、一秒たりとも目を離したくなくて……。それにほら、泣かないのも心配だろ……？」

「先生が心配いらないって言ってくれてるんだから、大丈夫」

「……君は肝が据わってるなぁ」

「あなたが心配性なだけよ。……なんだか、今から不安だわ。将来、芽衣の結婚を邪魔しそうで」

「それは間違いなくするよ」

「開き直らないで」

芽衣は呆然と二人の笑い声を聞いていた。

そして、なんて幸せそうなんだろうと思っていた。

まだ混乱からは覚めないものの、この光景は、おそらく芽衣が生まれた頃の、両親の実際の様子なのだろうと察する。

同時に、すべては鳩の仕業であるということも。

もちろん、鳩の目的も、芽衣になにを思い出させようとしているのかも、芽衣にはまったくわからない。

ただ、父と母が当たり前に寄り添っている光景には心が酷く揺さぶられ、なんだか涙が出そうだった。

「あれ……、ね、ねえ愛ちゃん……、なんか芽衣が泣きそうなんだけど……」

「え、急に……？　芽衣どうしたの？　お腹すいたの……？」

二人は途端にオロオロしはじめ、父はまだ慣れない仕草で芽衣を抱き上げる。

その表情を見ると、余計に涙腺が緩んだ。

それは、自分が生まれたことがどれだけ喜ばれたか、そして、いかに大切にされていたのかが、十分過ぎる程に伝わってくる表情だった。

ただ、——芽衣は、この幸せが長く続かないことを知っている。

母が消えたのは、これから数年後のこと。

未来を知る芽衣にとって、仲良さそうな二人の様子はより切なく感じられた。

芽衣はそんな心の痛みを胸に、父の両腕に包まれながら目を閉じる。

その瞬間、——頭の奥で、鳩の鳴き声が響いた。

それを合図に、突如視界が真っ白になる。

意識を戻すかと思いきや、しばらくして芽衣の目の前に広がったのは、まったく違う景色だった。

そして。

「――ごめんな、お父さんがこんなだから……」

ふたたび響く、父の声。

徐々にはっきりしていく視界の中、父は肩を落とし、寂しそうに重い溜め息をついた。

さっきとは打って変わって暗く沈む様子に、芽衣は、あれからずいぶん時間が経過しているらしいと察する。

それを確信したのは、おそらく二歳くらいと思われる、自分の小さな手が視界に入ったときのこと。

そして。

「おか、さん」

意思に反して口から零れる、不安げに母を呼ぶたどたどしい声。

父は苦しそうに瞳を揺らし、芽衣の体を強く抱きしめる。

「……お父さんが、全部悪いんだよ……」

父の両腕の震えを感じながら、芽衣は密かに気付いていた。

母が出て行ってしまったのは、この頃だったのだと。

ただ、当時のことをほとんど覚えていないこともあり、それはまるで他人の記憶を覗いているかのような奇妙な感覚だった。

なにより意外だったのは、父が憔悴しきっていたこと。

芽衣の中で父という人間はいつも適当で、なにがあってもあっけらかんとしていて、いなくなった母のことを話すときすら、「俺に甲斐性がないから」とあくまで軽い口調だった。

だから、父から母のことを聞くのは嫌だったし、そのぶん、成長するにつれて芽衣は母についていろんなことを考えた。

幼い子供を置いて出て行ってしまう神経を疑ったこともあれば、事業の失敗を繰り返してばかりの父を見ながら、これは逃げられて当然だと、逆に母に共感したこともあった。

とはいえ、まだ物心もついていない幼い頃の出来事は、芽衣にとってさほど重要ではなく、過剰に悩むことはなかったように思う。

けれど、――こうして実際に見た当時の父は、酷く苦しそうだった。

父にもこんな瞬間があったのかと、芽衣は思わず動揺する。

なぜなら、その姿を見ながら蘇ってきたのは、いつも平然と笑っていた父にかけた、冷たい言葉の数々。

学校帰りに借金の督促状で溢れ返るポストを片付けたり、近所で嫌な噂を耳にしたりするたびに、多感だった頃の芽衣は、母は逃げて正解だったとか、お父さんのような人とだけは結婚したくないとか、父に散々な言葉をぶつけた。

ヘラヘラと笑う父とは喧嘩にならなかったけれど、そうやってなにひとつ言い返さない父に対し、イライラは余計に募る一方だった。

こんなにも傷付いていたのなら無理に笑わなくてよかったのにと、胸に鈍い痛みが走る。

ただ、すべては今さらだった。

母が出て行ったことは事実であり、それに関しては、晴れることのないモヤモヤを今もまだ抱えている。

ただ、芽衣を抱きしめたまま震え続ける父の様子を見ていると、芽衣の心の中には妙な違和感が生まれていた。

芽衣の父に対する認識と、実際の様子とのズレが、妙に引っかかって仕方がない。

いっそ、いつものようにヘラヘラ笑ってくれれば納得できるのにと、芽衣はなかば祈るような気持ちで父の顔を見上げた。――そのとき。

父は芽衣と額を合わせ、苦しそうに目を閉じる。

そして。

「――本当に、これが正しいのかな……」

ふいに零した、意味のわからないひと言。

なんだか胸がざわめき、芽衣は父の目を見つめた。

しかし、父がその言葉の説明をしてくれることはなく、ふたたび芽衣を強く抱きしめる。

「君が言うなら、きっと正しいんだろう、けど……」

もはやひとり言のように、そう呟いた。

――君……？

〝君〟が誰を指しているのかは、考えるまでもない。

おそらく、ここにいない母のことだろう。

その呟きは、あまりにも意味深だった。

言葉を聞いただけだと、父が母の望みを聞き入れたかのような印象を受ける。しかし、その内容が芽衣にはまったく想像できない。

気になるものの、父がそれを幼い芽衣に話すとは思えなかった。

むしろ、芽衣が成長してからも、それらしき話は一度も聞いたことがない。

母がいなくなったことに関わる、芽衣が知らされていないなんらかの事実があることは明らかなのに、何故父は話してくれなかったのだろうという疑問がみるみる心に広がっていた。——そのとき。

ふたたび鳩の鳴き声が響くとともに視界が真っ白になり、父の両腕の感触がフッと消える。

そして。

「——芽衣。……話したいことがあるんだけど、いいかな」

唐突に、父の神妙な声が響いた。

徐々に晴れていく視界に映ったのは、さっきよりもさらに歳を重ねた父の姿。

その瞬間、芽衣は予感していた。

父は、なにか重要なことを芽衣に伝えようとしているのだと。

ただし、芽衣にこの日の記憶はない。

そのときの芽衣は中学校の制服を着ていて、もう十分に成長しているはずなのに、なにひとつ思い出せなかった。

いつになく真剣な父の様子を見る限り、かなり大切な内容であることは間違いなく、単純に忘れているだけという可能性はあまり考えられない。

芽衣は奇妙に思いながらも、固唾を飲んで父の言葉を待つ。

ただ、おそらくさっき幼い芽衣を抱きしめながら呟いていた言葉に関係する内容だろうと、それだけは確信していた。

けれど。

「……また仕事の話？　いいよ、わざわざ報告しなくて」

当時の芽衣は、あまりにそっけなくそう言い放った。

「いや、そうじゃなくて……、大切な話が……」

「お父さんはいつも大切って言うじゃん。……私、学校に行ってくるね」

「違うよ、今回は本当に……！　実は、もうすぐ――」

「いいって。……お父さんの話、嘘ばっかりだもん」

芽衣はそう言い、父の視線を振り払うかのように玄関を出て行く。

その様子を見ながら、芽衣は当時のことをうっすらと思い出していた。

――そうだ……、あの頃の私は、お父さんの話を全然聞こうとしなかった……。

改めて思い返せば、いつも適当な父が、妙に深刻な様子でなにかを言いたげにしている瞬間は、何度となくあった。

しかし、多感な時期でもあり、父の言葉をあまり深刻に捉えていなかった当時の芽衣は、耳を貸さなかった。

それは無理もなく、当時の父は「次こそは大丈夫」と言いながら数々の事業に手を出し、ことごとく失敗して借金を増やす一方だった。

生活はみるみる苦しくなり、芽衣は自分にもできることをと考えたものの、周囲に中学生を雇ってくれるバイトはなく、その年齢では抱えきれない程のもどかしさをただただ持て余していたように思う。

そんな中での「今回は本当に」という言葉が、芽衣に響くはずがなかった。

「――このままじゃ、どんどん言い辛くなるのに……。でも、このまま話しても不信感が膨らむだけだし……」

ふたたびぼんやりしていく視界の中、当時は届かなかった父のひとり言が響く。さらに。

「俺は憎まれても仕方がないけど、……せめてあいつのことは――」

意味深な言葉を最後に鳩の鳴き声が響き、視界が真っ白になった。

──あいつ……?

父の言葉が、頭の中に余韻を残している。

そして、過去を俯瞰で見たことで、芽衣の中では、父が当時芽衣に伝えることができず、芽衣もまた聞こうとしなかった話の内容が、予感として少しずつ形になりはじめていた。

ただし、それを完全に形にしてしまうことに、芽衣は得体の知れない不安を感じていた。

真実を知ってしまうことがなんだか怖く、いっそ、なにもわからないと言ってしまいたいくらいだったけれど、鳩に次々と過去を見せてもらったことで、頭の中ではすでに、点と点が着々と線になりはじめている。

──私が、知らされなかったことって……。

その続きを言葉にすることが、ただただ不安だった。

しかし、芽衣の思いを他所に、真っ白だった視界にふたたび色が滲む。

心臓が、ドクドクと激しく鼓動を鳴らした。

なぜなら、芽衣には、これから目にするものがさらに核心に迫るものだという確かな予感があった。

いっそ逃げてしまいたいと思いながらも、芽衣には成す術なく、ただ来たる時を待つ。——すると。

視界が晴れるよりも先に聞こえてきたのは、規則的に響く、どこかで聞いたことがあるような機械音。

やがて目の前にぼんやりと現れたのは、真っ白な部屋。

そして、ベッドに横たわる、よく知る女性。

——お母さん……。

ずいぶんやつれていたけれど、芽衣はそれが母だとすぐにわかった。

ただ、母の体は点滴や酸素マスクやたくさんのコードが繋がれ、設置されたモニターに波形や数字が表示されている。

いくら思考がまったく働かなくとも、母がかなり重篤な状態であることだけは理解できた。

そして、ベッドの傍には、苦しそうな表情を浮かべる父の姿。

「——本当に芽衣に会わないの……？」

父は、震える声でそう問いかける。

すると、母はうっすらと目を開け、こくりと頷いた。

「こんな姿を見せたら、可哀想だから……」

「だけど……」

「せめて……、もう少し長く面会できるまで、回復してからじゃ、なきゃ……。……母親が、どんどん弱っていく姿、なんて……、幼い芽衣には、きっと耐えられない、から」

「でも……」

「……お願い」

もはや、その会話だけで、他に説明などいらなかった。

知りたいことはキリがない程にあるけれど、ひとつだけ確実に言えるのは、母は家を出て行ったのではなく、――病気を患い亡くなってしまったのだということ。

回復したらと口にしていたけれど、その希望が薄いことは、状況から見て明白だった。

母がどんな思いでそんな選択をしたのかはわからないが、自身が言っていた通り、まだ幼い芽衣の心を慮(おもんぱか)っての苦肉の策だったのだろう。

ただ、芽衣には、目の前で起こっている現実を、とても受け入れることができなかった。

どうしてこんな重大な秘密が成立してしまったのかと考えながら、ぼんやりと母の記憶を思い返してみるけれど、今さら気付いたのは、芽衣は母のことをほとんど知らないという事実。

自分を置いて出て行ったと思い込んでいたぶん、当時はあまり知りたいという気持ちにもならなかった。

たとえ知ろうと思ったところで、父に尋ねる気にはなれず、母方の親戚には一人として会ったことがなかったため、そもそも方法がなかった。

そこから推測できたのは、母は結婚する前まで天涯孤独だったということ。

きっと苦労したのだろうと勝手な想像をしたことはあったけれど、かといって、当時の芽衣はそれに同情できる程おおらかにはなれなかった。

それが、――こうして突如真実を知り、芽衣は衝撃を抑えられず、呆然と目の前の光景を眺める。

やがて、母の様子は、まるで映像を早送りしているかのように次々と移り変わっていった。

昼夜が数えきれない程にめまぐるしく繰り返していく中、母はみるみる痩せ、体から伸びるコードやチューブが次第に増えていく。

おそらく、ずいぶん長い期間、こうして生死の境を彷徨いながら苦しんでいたのだろう。

もちろん、隠されていたことに関しては、少なからず憤りもあった。

ただ、母が懸念したように、幼かった芽衣がこんな姿を見てしまえばどんな気持ちになるかは、考えるまでもなかった。

幼い心にはとても収まりきれないくらいの絶望を抱え、永遠に消えない大きな傷を背負っていたかもしれない。

もちろん、大切な人との悲しい別れは時間とともに癒えるものかもしれないけれど、長く希望の薄い闘病を予感した母は、隠し通すことを選んだ。

やがて、目の前でひたすら流れ続けた母の闘病の日々の果てに残ったのは、空のベッドと、呆然と佇む父の姿。

いつも笑っていた父は見たことないくらいに無表情で、泣くことも悔しがることもせず、ただ、そこに立っていた。

その様子を見ていると、心がずっしりと重くなり、酷い疼きを覚える。

父はこんなにも重い事実を一人で抱えていたのかと、――さらに、自分はそれを少しも察することができないまま成長し、父が打ち明けるタイミングを避け続けてきたのだという事実が、全身に圧(の)しかかってくる。

心の中は、言葉では言い表せない程の苦しさと切なさでいっぱいだった。

しかし、ショックに浸る間もなく、目の前の光景はゆっくりと暗転していく。——

そして。

「——お母さんは、楽しいところにお出かけしてくるって」

二歳の娘に向けた優しい嘘が、——いずれ芽衣が歪(ゆが)んだ解釈をすることとなったその言葉が、暗闇の中に響いた。

正直、もうこれ以上は見たくなかった。

知れば知る程、自分を嫌いになりそうだった。

母親に関するすべての真実を知った今、多くのことを我慢していると思い込んでいた過去の自分が滑稽(こっけい)に思えてならなかった。

今になって思えば、父が抱えていた借金の多くは、母の医療費として工面したものだったのだろう。

母の闘病生活がかなりの長期にわたったことは明らかだったし、実際に、過去の光景を見る中で、病室から見える庭木は何度も葉の色を変えた。

母の意識がすっかりなくなり、会話をするシーンを見ることができなくなってもなお、途方もない時間が流れた。

傍(はた)から見ても、もう回復を望むのは難しいような状態だったけれど、父はきっと一縷(いちる)の望みにかけ、治療を諦めなかったのだろう。

そうやって膨らんだ治療費の負債のことも、芽衣に対しては嘘を重ねる他なく、父はとことん自分を悪者にしたのだ、――と。

頭の中で導き出された答えに、芽衣は目眩を覚えた。

――私は、本当になにも考えてなかった……。

次々と浮かんでくるのは、自分を責める言葉ばかり。

知らされていなかったのだから仕方がないなんて、とても思えなかった。

今になって考えてみれば、不自然なことはいくらでもあったはずなのに、父の言葉を鵜呑(うの)みにし、仕方ない人だと呆れ、自分はただ前だけ向いていようと無理やり言い聞かせながらも、あらゆることから目を逸らしていたように思えてならなかった。

真っ暗な視界の中、芽衣の頭の中では、悲しすぎる真実が何度も何度も繰り返し巡っている。

それはいつまでも止まることなく、心が潰れてしまいそうだった。

しかし、相変わらず芽衣が意識を戻しそうな気配はない。

次第に、鳩は過去の事実を芽衣に教え、いったいどうしたいのだろうと思いはじめる。

今さら現実を知ったところで、時を戻せるわけではないのに、と。

すると、そのとき。

突如冷たい風が頬に触れ、驚いて周囲を見渡せば、暗闇が少しずつ晴れはじめていた。

遠くを見れば、空がわずかに白んでいる。

しかし、そこは元いたはずの森ではなく、周囲にはたくさんのお墓がずらりと並んでいた。

やはりまだ意識が戻っていないようだと芽衣は察する。

やがて、目の前にぼんやりと浮かび上がったのは、小さなお墓と、それを丁寧に掃除する父の姿。

墓石の正面には、谷原(たにはら)家の墓とある。

当然ながら、お墓はもちろん、この墓地自体も、周囲の風景すらも、芽衣にはまったく見覚えがなかった。

けれど、父がここに頻繁に訪れていることは、そのすっかり慣れた仕草から明らかだった。

父は時間をかけて掃除を終えると、お墓の前で手を合わせ、目を閉じる。

そして、時間が止まっているのではないかと思ってしまう程に、そのまましばらく動かなくなった。

丸めた背中が、芽衣の知っている父の姿とは違って見え、無性に胸が締め付けられる。

やがて父はゆっくりと目を開けると、立ち上がってそっと墓石に触れた。

「――愛ちゃん」

聞いたことのない穏やかな声が、静かな墓地に響き渡る。そして。

「芽衣が、今日家を出ていくんだって」

その言葉を聞いた瞬間、これは芽衣が高校を卒業した頃の出来事なのだと察した。

「……自分でお金貯めて、仕事も全部自分で決めて、本当に逞しいよ。……ちょっと無鉄砲なところが心配だけど、君に似て肝が据わってるから、なにがあってもうまくやるんじゃないかな」

父は少し寂しげに、けれども淡々と、報告を続ける。

「この前すぐそこの神社から出てくるところを見かけたよ。あの神社、小さい頃からずいぶん気に入ってたけど、今もまだ行ってたなんて知らなかったなぁ。……仕事がなかなか決まらなかったみたいだから、大願成就のお守りを買いに行ってたのかもね。……俺には相変わらず、全然頼ってくれないけど。……そりゃ、神様の方がずっと頼れるか」

自重気味に笑いながらも、とりとめなく話を続ける父は、まるで好きな子を前にした少年のようだった。

そして。

「結局、君のことはまた言えなかった」

小さく零れる、苦しそうな声。

芽衣の心がぎゅっと震える。

「言えなかったっていうか……、今さらどんな言い方をしたらいいか、もうわからないよ。どうしても君のことを悪く思われるのが嫌で、考えれば、考える程……」

父がどれだけ頭を悩ませていたかは、その声に滲み出ていた。

母の死は、たとえば結婚など戸籍を必要とする機会には必ずバレてしまうことであり、父も、いつまでも隠せるなんて思ってはいなかっただろう。

ただ、芽衣をできるだけ傷つけないように、そして母の思いと自分たちの選択を理解してもらうためにと考えた挙句にタイミングを逃し続けた経緯を、芽衣はまさに目の当たりにしたばかりだ。

さらに、芽衣は家を出てからというもの、自分からはロクに連絡をせず、ときどきかかってくる電話も軽くあしらっていた。

父はいつも明るく振る舞っていたけれど、嘘に嘘を重ねたせいで、お金のないいい加減な父を演じ続けなければならなかった葛藤は計り知れない。

母のことを少しも知ろうとしなかった芽衣も芽衣だが、今思えば、父の演技にもほとんど隙がなかった。

そこには、中途半端に察せられて心配かけることがないようにという気遣いがあったのかもしれない。

父はお墓の前に座り込んで、まるで母が目の前にいるかのように近況を語り、やがて、仕事があるからと言って名残惜しそうにその場を後にしていく。

芽衣は誰もいなくなったお墓をぼんやりと眺めながら、父はさぞかしここに芽衣を連れてきたかったことだろうと、その心中を思った。

——不器用すぎるよ……。

胸の痛みがみるみる増していく中、視界がふたたび曖昧になる。

次はなにを見せられるのだろうと身構えたけれど、次に芽衣の目の前に広がったのは、元いた森の風景だった。

まるで何年も遠くに行っていたような感覚を覚えていたけれど、周囲の様子にはなんの変化もなく、鴆は相変わらず少し離れたところから芽衣を見つめている。

唯一さっきと違うことがあるとすれば、すでに夜が明けはじめているということ。

ただ、木々の間から差し込む柔らかい朝日に照らされても、芽衣の頭の中の混沌が晴れることはなかった。

「……確かに、たくさんありました」

芽衣はしばらく放心し、そう呟く。

鴆は相槌を打たなかったけれど、心の奥から押し出されるように溢れだした感情を、芽衣には止めることができなかった。

「……忘れていたことも、知らなきゃいけないことも」

声に出すたび、胸に激しい痛みが走る。

「母のことはもちろん、父のことも、私はなにも知らなくて」

口調は不自然な程に淡々としていたけれど、周囲の木々が、まるで芽衣の感情を表すかのようにざわざわと枝を揺らした。

「――だけど」

私の思いは変わらない、と。

そう言いかけた瞬間、芽衣は唐突に言葉の続きを見失った。

それは、まるで声の出し方を忘れてしまったかのような、奇妙な感覚だった。自分になにが起きているのかわからず、芽衣は戸惑う。

すると、そのとき。

「……お前の選択に文句を言う権利など、誰にもないよ」

鳩が小さくそう呟いた。

顔を上げると、感情の読めない無機質な視線が刺さる。

「……だったら……」

かろうじて声を出すことができたものの、それはずいぶん弱々しく響いた。

鳩は続きを待たず、さらに言葉を続ける。

「私も、芽衣の決断に物申すつもりはない。過去を見せたのは、一時の感情に流されず、すべてを知った上で広い視野を持った方がよいという、ただのお節介だ。……現に、私はとっくにお前に力を貸すと決めているんだから」

「え……？」

「ただ背中を押すのではなく、選択肢を目の前に並べてやるという意味でね。もちろん選ぶのは芽衣自身だから、好きに決めるといい」

それがどういう意味なのかいまひとつ理解ができず、芽衣は鳩の言葉を頭の中で反芻した。

しかし、そのときふいに、森の奥の方から小さな足音が響く。

芽衣は慌てて周囲を警戒した。

こんな時間に山奥を歩いているとなれば、ヒトである可能性は低い。

もしヒトでないなら病気を移してしまうと、足音が聞こえてくる方向を慌てて見定める。――しかし。

「おや、鳩の呼び声が聞こえると思ったら」

突如間近から声が聞こえ、振り返ると、芽衣のすぐ後ろに男が立っていた。

足音はまだずいぶん遠かったはずなのに、男があまりにも近くにいたことに驚き、芽衣は思わず息を呑む。

その男は一見するとヒトのようだったけれど、纏っている雰囲気は明らかに違っていた。

痩せていて、かなり古い着物を纏っていながらも、内から滲み出るような神々しさがある。

芽衣は一瞬目を奪われたものの、すぐに我に返り、男と距離を取るため慌てて立ち上がった。

しかし、病気のせいで体が思うように動かず、すぐに地面に倒れ込む。

「私に近寄ったら危険です……」

起き上がることすらできないまま、芽衣は男にそう訴えた。

けれど。

「……なるほど。それは牛頭天王の仕業だね」

男にはまったく動じる様子がなく、あっさりと言い当てたかと思うと、芽衣に向かって手を差し出した。

芽衣は混乱し、首を横に振る。

しかし、男は芽衣の前に膝をつき、躊躇うことなく芽衣の手を取って立ち上がらせた。

「心配はいらない。私に牛頭天王の病は移らないよ」

「え……?」

「私は、牛頭天王自身の加護を受けているからね」

「牛頭天王様の……、加護……？」

それを聞いた瞬間、芽衣は察していた。

この男こそまさに、捜し求めた蘇民将来に違いないと。

どうやら鳩は、芽衣に両親の過去を見せている間に蘇民将来を呼んでくれていたらしい。

ふいに、「お前に力を貸すと決めている」という、さっき聞いた鳩の言葉が頭に浮かんだ。

思えば、備後へ旅に出ることを決めた当初は、曖昧な伝承の中に存在する、真実かどうかもわからない蘇民将来を捜すなんてどれだけ骨が折れるだろうと覚悟していたのに、まさかこんなに早く会えるなんてと、芽衣は驚き目を見開く。

ただ、この幸運のすべては、鳩はもちろん八郎太郎やお浪や石長姫たちとの奇跡のような縁がもたらしたものだと、自覚していた。

「あなたは、蘇民将来様、ですね……」

震える声で尋ねると、男は目を細めて笑い、こくりと頷く。

「しがない村人に、様など付けなくてよい。……ところで、君はヒトか。どうやら訳ありのようだが」

「あの、私……、芽衣といいまして、もう何年も、神の世で暮らしていて……、そ、それで……」

「芽衣、そう慌てて喋ることはない。とにかく、私の家へおいで。そこでゆっくり話を聞こう」

蘇民将来はずいぶん砕けた口調でそう言うと、視線で森の奥を指した。

芽衣が頷くと、蘇民将来は森へ向けて足を踏み出す。

病に冒された両足ではもう歩くことすら困難だったけれど、芽衣は痛みに堪えながら、その後に続いた。

しかし、芽衣の歩みは遅く、次第に蘇民将来との距離が離れていく。

すると、蘇民将来はふいに振り返り、辛そうな芽衣の様子を見るやいなや、慌てて引き返して軽々と横抱きにした。

「待っ……、だ、大丈夫、ですから……！」

慌てて遠慮したものの、下ろしてくれる気配はない。

それどころか、申し訳なさそうな笑みを浮かべた。

「無理に動くと病が進んでしまいそうだ。居心地は悪いかもしれないが、少しだけ我慢してくれ」

「居心地が悪いなんて、とんでもないです……！　運ばせてしまうなんて、あまりに申し訳がなくて……」

「そんなことを考える必要はない。困っている者は助ける。芽衣もそうすればよいだけの話だ」

「……ありがとう、ございます」

蘇民将来のまっすぐな優しさに、芽衣は少し戸惑う。

大昔、道に迷って村にやってきた牛頭天王を家に上げ、貧しいながらももてなしたという話を石長姫から聞いてはいたけれど、実際に会った印象は想像以上だった。

蘇民将来は誠実で、その目には曇りひとつない。

傍にいると、なんだか自分の心の中の黒い面が浮き彫りになってしまいそうで、少し落ち着かない心地だった。

そんな芽衣の心境を他所に、蘇民将来はなんの気配もない薄暗い森の中を迷いなく進んでいく。

進む方向には獣の通った跡すらなく、これでは牛頭天王ですら迷ってしまうわけだと、芽衣は密かに納得していた。

やがて、森がわずかに拓けた場所に出ると、蘇民将来は一度立ち止まり、芽衣に微笑みかける。

「村に着いたよ。私の家まではもう少しだ」

「はい……」

村と聞き、芽衣は辺りを見渡した。

すると、周囲に広がっていたのは、すっかり朽ち果て、今にも崩れてしまいそうな家々が並ぶ風景。

それらは薄暗い森と同化し、不気味さとうら寂しさを醸し出している。

「ここが……、蘇民将来さんの村、ですか」

なんだか恐ろしくて、思わず蘇民将来に掴まる手に力が籠った。

すると、蘇民将来は小さく肩をすくめる。

「ああ、そうだ。私たち家族以外の村人は、大昔に全員死んでしまったけれど」

「全員……？」

「牛頭天王の蒔いた疫病でね」

それを聞いて、芽衣は改めて石長姫から聞いた伝承を思い出した。

この村は牛頭天王の怒りに触れて滅ぼされ、無事だったのは蘇民将来とその家族だけだったという。

残酷な歴史もまた平和な現在を作った礎であると理解はしているものの、こうして実際に滅ぼされた村を目の当たりにすると、恐ろしくて背筋が冷えた。

そして、それ以上に、蘇民将来はこの悲惨な村に、どんな思いで何百年もの間居続けているのだろうと想像すると、胸に痛みを覚える。

「……寂しく、ないですか」

愚問だと思いながらも、聞かずにはいられなかった。

すると、蘇民将来はなんの含みもない笑みを浮かべる。

「寂しくないとは言わないが、これが運命だ。私はすべて受け入れているし、なにも思うことはない」

「あの……、ご家族は……」

「子供たちは村を出て行ってしまったから、ここを守っているのは私だけだよ。しかし、皆私と同じように護られているから心配はないだろう。会えなくとも、無事に存在さえしてくれていればよい」

「存在さえ、してくれていれば……」

蘇民将来から聞いた話は、唯一護られた一族と聞いて思い浮かべていたイメージとは、少し違っていた。

当の本人に辛そうな素振りはまったくないが、話を聞いていると、心がざわめいて仕方がなかった。

蘇民将来は時が止まってしまったかのような廃村の中をしばらく通り、やがて、一番奥にぽつんと佇む小さな家の前で足を止める。

そして、芽衣を注意深く下ろすと、戸を開けて中へと促した。

「さあ、入ってくれ。疲れているだろうから、ひとまず休みなさい」

「……ありがとう、ございます」

中は、土間の奥に一間あるだけの、小ぢんまりした造りだった。

芽衣は遠慮がちに上がり框(かまち)に腰掛け、ほっと息をつく。

すると、蘇民将来も部屋に上がり、大和鍋(やまとなべ)に手際よく米と水を入れると、囲炉裏(いろり)に吊るして火を熾(おこ)した。

食事を出してくれようとしているのだと察し、芽衣は慌ててそれを止める。

「蘇民将来さん、私にそんなお気遣いはいりません……！　ただ、お伺いしたいことがあっただけで……」

しかし、蘇民将来は手を止めなかった。

「私に用があるなら私の客だ。客をもてなすのは私の流儀なのだから、芽衣はなにも考えず待っていなさい」

「でも……。それに、食欲がなくて……」

芽衣は、もはやいつ以来か思い出せないくらいに長い時間、食べ物を口にしていない。

ただ、あまりの具合の悪さに、食欲などまったくなかった。

しかし、蘇民将来は首を横に振る。

「そうかもしれないが、少しでいいからなにかを口に入れなければ、病気が全身に回る前に力尽きてしまう。そうなったら困るだろう」

「それは……、そうなのですが……」

「どうか、言うことを聞いてくれ。食べれば頭も回り、体も多少は動くだろう。……こんな質素なものしかないけれど、あの牛頭天王ですらこれで体力を戻したのだから、芽衣の具合も少しは回復するはずだよ」

会ったばかりだというのに、かけられた言葉はまるで家族のように温かく、芽衣は優しい声につられるように頷く。

すると、蘇民将来は大きな手で芽衣の頭を撫でた。

「いい子だ」

何故だか、涙が滲んだ。

しかし、蘇民将来は涙の理由を聞くことなく、やがて出来上がったお粥を芽衣に差し出す。

ふわりと広がる湯気と優しい香りが、張り詰めていた芽衣の心をじわじわとほぐした。

食欲なんてまったくなかったはずなのに、目の前の温かいお粥はこれまで食べたなによりも美味しそうに見え、芽衣はそれをゆっくりと口に運ぶ。

「……おいしい、です」

それは、心からの本音だった。

蘇民将来は、嬉しそうに微笑む。

『――ごめんな、料理が全然上手くならなくて……』

ふいに脳裏に過った、大昔の記憶。

それは、芽衣がまだ小学生だった頃のこと。

芽衣が珍しく風邪をひいて寝込んでしまったとき、父はオロオロしながらも、必死にお粥を作ってくれた。

味がない上に米は煮えておらず、散々な代物だったけれど、芽衣は困り果てて半泣きの父を見ながら、これは絶対に残すわけにはいかないと必死になって無理やり流し込んだ。

おいしい、と。

そう言った瞬間に見せた父の柔らかい表情を、おぼろげに覚えている。

「芽衣、どうした」

「え……？　あ……」

つい過去の記憶に浸ってしまっていた芽衣は、名を呼ばれて途端に我に返った。

これまでは、なにかの拍子に子供の頃の記憶が蘇ってくることなんてなかったのにと、慌てて首を横に振る。

しかし、一度思い出してしまったものを、そう簡単に頭から消してしまうことはできなかった。

「……昔、似たものを食べたことがあって。……こんなに美味しくはなかったですけど」

押し出されるように口にすると、蘇民将来は頷く。そして。

「食とはヒトの命そのものであり、だからこそ記憶にも直結する。……懐かしい思い出も、多くあるだろうね。なんだか、芽衣と話していると、私もいろんなことを思い出すよ」

その言葉は、なんだか意味深だった。

「懐かしい、ですか」

「ああ、とても」

正直、そのときの芽衣は、蘇民将来という存在が神なのか化身なのか、またはそれ以外なのか、判断しかねていた。

結局答えを出せていないけれど、話しているうちに思ったのは、今はともかくかつてはヒトとして存在していたのだろうという推測。

というのも、蘇民将来が纏う空気には、ヒトに近いものを感じられた。

神となって日が浅いはずの八郎太郎ですらこんなにもヒトの気配を残していないというのに、それはなんだか不思議だった。

ついぼんやり考え込んでいると、ふいに、蘇民将来が芽衣の頬に指先でそっと触れる。

「おや、少し血色が戻ったようだ」

安心したように目を細める表情から、優しさが滲み出ていた。

まるで自分の娘を心配しているかのような表情に、心がふわりと温かくなる。

そして。

「では、……そろそろ芽衣の話を聞こうか」

蘇民将来はそう言うと、芽衣をまっすぐに見つめた。

話さなくともすべて見透かされてしまいそうなその瞳に戸惑いながらも、芽衣は小さく頷く。

そして、遠慮がちに口を開いた。

「……数年前、私は突如神の世に迷い込んで、やおよろずという宿で働くことになりました。……最初は不安もありましたが、いつからかこの世界が好きになって、ずっとここにいたいと思うようになり……、ヒトである私がその願いを叶えるために、いろんな運命に、抗ってきました」

食べ物を口にしたお陰か、混沌としていたはずの頭の中から、不思議なくらいにスルスルと言葉が流れ出てきた。

これまでの軌跡をこうして改めて声に出してみると、まるで願いに魂が籠るかのように、胸が熱くなる。

「だけど……、今、これまでに経験のない、一番の窮地に立たされています。……そんな中、大切な友人が、蘇民将来さんのことを教えてくれました――」

それから芽衣は、ずいぶん時間をかけて、これまでの経緯や今の状況など、とりとめのない話を蘇民将来に語った。

蘇民将来はときどき相槌を入れながら真剣に耳を傾け、ときには自分のことのように苦しそうな表情を浮かべた。

芽衣にはもうあまり時間が残されておらず、最初はただ目的だけを伝えるつもりだったのに、あまりに親身になって聞いてくれるせいか、気付けば、これまで出会ってきた数々の神様たちのことだけでなく、共に過ごした大切な存在のことまで、勢いのままに口にしていた。

もはや家族のような燦(さん)や因幡(いなば)、猩猩(しょうじょう)に黒塚(くろづか)、シロ、仁、そして、天のことを。

語れば語る程次々と言葉が溢れ、ずいぶん長い時間が経っていることを自覚していてもなお、失いたくないと、これからも傍にいたいという思いに駆られて止められなかった。

ただ、その一方、――まるで、こうして語ることで、絶対にここにいなければならない理由を自身に言い聞かせているようだと、冷静に考えている自分もいた。

すべては、両親の壮絶な過去を知ってしまったことが原因だと、芽衣にはわかっている。

もし鳩と出会っていなければ、こんな気持ちになることはまずなく、ひたむきに目的だけを考えていられただろうと。

今になって、すべてを知った上で広い視野を持つようにという鳩からの助言が、心の中でじわじわと存在感を示しはじめていた。

しかし、だとしても、芽衣の心は揺るがなかった。

どんなに衝撃的な事実だったとしても、すべては過去の出来事。

ヒトの世での思い出すべてが大きく色を変えたことは確かだけれど、芽衣には、自分は前に進まなければならないという、曲げようのない信念がある。

そして、新たな未来を作りたい場所は神の世にあり、それも、絶対に天の傍でなければならなかった。

「――それで……、蘇民将来さんが授かったというお守りの恩恵に、私も与らせていただくことはできないかと考えたんです……。とても厚かましいお願いだとわかっていますが、それ以外の方法が思い当たりません。私をこの状況から救い出してくれる存在があるとすれば、蘇民将来さんだけなんです……」

すべてを語り終えると、あまりにも集中して語っていたせいか、一瞬酷い目眩を覚えた。

同時に、心臓が不安な鼓動を打ちはじめる。

蘇民将来の返事次第ですべての運命が決まってしまうことに、芽衣はこれ以上ないくらいの緊張を覚えていた。

蘇民将来は、芽衣をまっすぐに見つめる。――そして。

「……ずいぶん波乱に満ちた人生を送ってきたようだね。とくに、こちらへ来てから今日に至るまでの間は、あまりにめまぐるしい」

労(ねぎら)うように、そう呟いた。

芽衣は小さく頷く。

「そうかもしれません。だけど、あっという間でした。……怖いことも悲しいことも嬉しいこともたくさん経験しましたし、確かに大変でしたけど……、なんだか、自分は生きているんだなって思えて」

「……生きている、か」

蘇民将来が芽衣の話をどう受け止めたのか、その表情からは読み取ることができなかった。

芽衣の緊張はさらに増し、やがて指先が震えはじめる。――すると。

「……芽衣も知っている通り、確かに私はその昔、牛頭天王から茅の輪の守りを授かった。お陰で、村を滅ぼす程の疫病が流行っていてもなお、私にその影響はなく、無事に生き延びることができ、今こうしてここにいる」

「……はい」

「もちろん、この恩恵に与りたいと申し出る者なら、これまでに何度も現れた。……ただし、それはそう簡単なことではない。なぜなら、茅の輪の恩恵を受けるには、――私と深い縁故がなければならぬ」

「縁故……、って、まさか……」

　縁故とは血縁関係を意味する言葉だと、理解するより先に、芽衣の心臓がドクンと大きく揺れた。

「茅の輪の守りは、私の一族のみに力を発揮するからね。……ただし、一族に迎え入れるというのは簡単なことではなく、一族の主である私にとって、もっとも重要な決断となる。どんな深い事情があろうと、簡単に歓迎するわけにはいかない。現に、これまでほとんどの申し出を断ってきた」

　つまり、茅の輪の恩恵をに与るための条件は、蘇民将来の家族になること。

　茅の輪は蘇民将来の一族だけを代々守っているのだから、冷静になれば、それは理屈の通った話だった。

しかし、芽衣は酷く動揺していた。蘇民将来は、そんな芽衣の心を置き去りにしたまま、どんどん先へ話を進めていく。

「というのも、中には牛頭天王と因縁関係にある者の謀略による申し出もあった。そんな者と縁故を結ぶわけにはいかない。そんなことをすれば名を汚し、先祖や子供たちにも迷惑を――」

「あ、あの……、蘇民将来さん……」

不安に駆られ、芽衣は思わず蘇民将来の言葉を遮った。

すると、蘇民将来は芽衣の不安げな顔を見るやいなや、安心させるように優しく微笑む。

「そんな顔をする必要はないよ。……芽衣の話を聞き、その願いの純粋さに私は心を打たれた。だから、力になりたいと思っている。病気に冒されながらも必死に私を訪ねてきた努力も、無駄にはしたくない」

「あ、あの……」

「芽衣。――君は私と親子の契りを交わし、私の娘になりなさい」

やはりと、芽衣は思う。

同時に、心が酷く疼いた。

「私が……、蘇民将来さんの娘に……」

「ああ。私は君の父として、これからなにが起ころうとも永遠に守ってやろう。――ただし、これまで繋がってきた縁故は完全に断たねばならない」

唐突に、母のお墓の前に佇む父の背中が頭を過った。

「決別という意味、……ですか」

「そうだね。契りを交わすとともに、ヒトの世に芽衣が存在した事実は消えてしまうだろう。そして、芽衣はもうヒトとは違う存在になる」

「ヒトとは違う、存在……」

頭の中にふと、芽衣を異物と言った牛頭天王の声が響いた。

奇しくも、異物となることが解決策になろうとは、なんて皮肉な話だろうと芽衣は思う。

芽衣は途端に震えはじめた指先を、ぎゅっと握り込んだ。

そして、鳩が口にしていた、すべてを知った上で選択するという言葉の重さを改めて痛感していた。

「芽衣、どうした」

黙りこんだ芽衣を、蘇民将来は心配そうに見つめる。

しかし、芽衣はすっかり言葉を失ってしまっていた。

心に次々と浮かんでくるのは、幼い芽衣の心を守ろうとした、不器用な両親たちの姿。

もし鳩が教えてくれなかったなら、おそらく、こんなにも迷うことはなかっただろう。

むしろ、ほとんど縁が切れていた父のことなど深く考えず、結婚などで他人と血縁を結ぶこととそう変わりはないと、もっとドライに考えていただろう。

けれど、今の芽衣にとっては、そう単純なことではなかった。

しかし、蘇民将来に、芽衣の迷いを察する様子はない。

ついさっきまで、いかにこの世にいたいかを必死に訴えていたのだから、それは当然だった。

蘇民将来はそっと芽衣の手を取ると、手のひらを上に向けさせる。

「親子の契りは、そう難しいことではないよ。……その手で私の血を受ければよいだけだから、君に傷が付くこともない」

「血を……?」

蘇民将来は、血と聞き驚く芽衣を宥めるかのように、優しく髪を撫でた。

その仕草はすでに父親のようで、芽衣を家族として受け入れようとしてくれている気持ちが、痛い程伝わってくる。

「ほんの一滴だから心配はいらない。……そのまま、手を動かさないで。血を受けたら私を父と呼びなさい。それで、すべてが望み通りだ」

「……」

すべてが望み通りだと言われた瞬間、今度は頭に天の顔が浮かんだ。

途端に会いたくてたまらなくなり、胸がぎゅうっと締め付けられる。

心の中では、決して融合することのないふたつの思いが拮抗(きっこう)していた。

どちらかを選ぶということは、逆に言えばもう片方を捨てることを意味する。それを改めて自覚し、重い決断に背筋がゾクッと冷えた。

そんな心境を他所に、蘇民将来は懐から取り出した小刀の刃を、自身の手のひらにスッと滑らせる。

すると、細く走った傷口からじわりと血が滲み、やがて雫(しずく)となって芽衣の手のひらに落ちた。

震える手のひらの上に、真っ赤なシミが広がる。

それを呆然と見つめていると、蘇民将来が芽衣に優しく語りかけた。

「さあ、芽衣。私を父と呼びなさい。そうすれば、お前は茅の輪に守られ、ただちにその苦しみから解放されるだろう」

「……」

「ヒトの身でありながらさぞかし辛かったろうに、よく耐えた。……茅の輪の加護は、芽衣が受けるべき当然の報酬だと思うよ」

そのときの芽衣は、ほんの少し、考えることに疲れていた。

蘇民将来を見上げると、すぐに慈愛に満ちた視線が返ってくる。

「さっきも言ったように、これからは、お前を苦しめるすべてのものから必ず守ってやろう」

なんて完璧な父親だろうと、芽衣は思った。

蘇民将来の本当の子として生まれていたなら、きっと幸せだっただろうと。

芽衣は血が落ちた手のひらを、ぎゅっと握る。

そして。

まっすぐに蘇民将来を見上げ、――ゆっくりと口を開いた。

*

真夜中の森の中を、夏にしてはひんやりした風が通り抜ける。

芽衣の目の前に広がっているのは、大浪池の風景。

ほとりに腰掛ける芽衣の左側にはお浪、そして右側には石長姫と、大切な存在に挟まれてとりとめのない話に花を咲かせながら、芽衣は幸せな笑い声を零した。

ここまで連れて来てくれたのは、蘇民将来。

蘇民将来は、多くの神様たちがするように、芽衣を一瞬のうちに備後から大浪池まで運んでくれた。

再会したお浪はまるで少女のように嬉しそうに微笑みながら芽衣を抱きしめ、それから石長姫を呼んでくれ、今に至る。

病気の苦しみから解放されるやいなや、芽衣の体は、まるで宙を浮いているかのように軽くなった。

それは、生きることがどれだけかけがえのないことかを、これまで以上に実感した瞬間だった。

芽衣は長かった苦しみからの解放感を満喫するかのように、大切な友人たちとの会話を心から楽しんでいた。

すると、そのとき。

森の奥からかすかに覚えた、よく知る気配。

石長姫たちが反応するよりも先に、芽衣は立ち上がって振り返る。

心臓が、今にも壊れてしまいそうな程の激しい鼓動を鳴らしていた。

そんな芽衣の背中を、お浪がそっと押す。

芽衣は二人に微笑み、それから、森へ向かって足を進めた。

気配は驚く程の速さで芽衣の方へと近付いていて、込み上げる緊張から息苦しさすら覚える。

そのとき。

まるで、森の中から飛び出してくるかのような勢いで現れたのは、狐姿の天。

夜に映える美しい毛並みに、芽衣は一瞬目を奪われる。そして。

「天さん……」

名前を呼ぶと同時に、鋭い視線が芽衣の方へ向いた。天は、芽衣と目が合うと同時にぴたりと動きを止める。

天の表情からは強い緊張が窺え、目の前の光景を真実かどうか判断しかねているように見えた。

芽衣ははやる気持ちを抑えられず、天の方へ駆け出し、その大きな体に思い切り抱きつく。

たちまち柔らかい毛に包まれ、天の体がビクッと揺れた。

天はおそるおそるといった様子で芽衣の体に鼻を擦り寄せ、それから、瞳を大きく見開く。

匂いで本人だと確信したのだろう、天の強張っていた体から一気に力が抜け、同時に、両腕に伝わる感触が変化する。

「……芽衣……？」

顔を上げると、ヒトの姿に戻った天が、動揺を隠すことなく震える手で芽衣の頬を包んだ。

久しぶりに間近で見る天の顔に、胸が締め付けられる。

ただ、改めて見れば、天の姿は見たことがないくらいにボロボロで、着物は着崩れ、顔にはいくつもの擦り傷があった。

中にはすっかり血が乾いてしまったものも、逆に真新しいものもある。

「……ずっと、捜してくれてたんですね」

天からは、返事がなかった。

今もまだ信じられないといった様子で、芽衣の存在を確かめるかのように、ただただまっすぐに見つめていた。

芽衣は、背中に回した手に力を込める。

「会いたかったです。……とても」

語尾は、少し震えた。

天の香りに包まれていると、この場所をひたすら求め続けて必死だった壮絶な時間がじわじわと癒され、ここに戻ってくることができたという実感が、強く湧きあがってくる。

嬉しさと安心感からか、ふいに涙が零れた。

天はいまだに戸惑いを残しながらも、その涙を指先で掬う。――そして、勢いよく芽衣を抱きしめ返した。

息苦しい程の力に、芽衣は慌てて背中を叩く。

「天さ……っ、く、くるし……」

しかし、力を緩めてくれる気配はない。

ただ、込められたその力から、天がどれだけ自分を求めてくれていたかが痛い程伝わってきた。

体を通して聞こえてくるあまりにも速い鼓動が、愛しくてたまらない。

芽衣は抵抗をやめ、天に体を委ねた。

天は、ずいぶん長い間、そのまま身動きを取らなかった。

やがて、ようやく少しだけ体を離すと、髪や頬や肩にそっと触れる。そして。

「……どうして、俺を呼ばなかった」

最初に口にしたのは、不満げなひと言だった。

「それは……」

「あえて気配を消しただろう」

「だって、病気が……」

「お前は本当に、……肝心なときはいつもそうだ」

天は芽衣に反論の余地を与えず、文句をたたみかける。

ただ、その表情はさっきよりもずいぶん落ち着いていて、芽衣は思わずほっと息をついた。

そんな芽衣を見て、天はさらに眉を顰める。

「……おい」

「ち、違うんです。……いつも通りの天さんだなって思って……」

そう言った途端にふたたび込み上げた涙を、芽衣は無理やり堪えた。

このいかにも天らしい表情をしっかり目に焼きつけ、――ずっと覚えていたいと願いながら。

けれど、必死の努力もむなしく涙がこぼれ落ち、体が小刻みに震えはじめる。

天はそんな芽衣を見て、大きく瞳を揺らした。――そして。

「お前……、なにか隠してるだろ」

戸惑いの滲む声が、芽衣の涙腺をさらに刺激する。

芽衣は首を縦にも横にも振らず、ただ天の胸に顔を埋めた。

天の質問には、答えたくなかった。

答えた瞬間が終わりの始まりになると、わかっていたからだ。

天は芽衣の頭を優しく撫でながら、苦しそうに溜め息をつく。そして。

「また、俺になにも言わないのか」

聞いたことがない程切ない問いかけが、胸に刺さった。

天の声は、抱きしめられていなければ聞こえないくらいに小さく、そして震えていた。

芽衣はたまらない気持ちになって、そっと体を離し、天を見上げる。

「……私は……」

呼吸が上手くできず、最後まで伝えられるかどうか、自信がなかった。

むしろ、このまま時間が止まってしまっても構わないのにとすら思っていた。

けれど。

「私は、――ヒトの世に、帰ります」

ひたすら悩みに悩んで出したその答えは、思いの他、淡々とした響きを持って、静かな森へと吸い込まれた。

途端に天の瞳から感情が消え失せ、まるでただのガラス玉のように、芽衣の姿を映す。

それは、これから先一生、この日のことを思うたびに胸を痛め付けるだろうと確信する程、見ているだけで辛くなる表情だった。

それでも、自分の選択から目を逸らしてはならないと、芽衣は天の瞳に映る自分自身に必死に言い聞かせた。

「――両親との縁故を、……私には、断つことができません」

それは、備後の村で芽衣が蘇民将来に伝えた決断。

天がいる世界にいたいというただひとつの望みを叶えるために、これまでどれだけ頑張ってきたか、散々無茶をし、ときには命の危険すら覚えながら、何度辛い経験を乗り越えてきたかを心が必死に訴えていたけれど、それでも、芽衣にはそれ以外の答えを出すことができなかった。

理由は、正直、今も上手くまとまっていない。

ただ、自分の命はもっとずっと過去から大切に繋がれてきたものであることを、奇しくも蘇民将来と話しながら実感していた。

今自分がここに存在していられる所以(ゆえん)を考えてみれば、真っ先に父と母の姿が浮かぶ。

それを、こんな形で断ってよいものだろうかと、——芽衣を守ろうとするあまりに大きな決断を迫られた母と、その思いを汲んで秘密を守った父の努力をなきものにしてもいいのかと、そう考えたとき、芽衣には、自分を納得させられる言葉を見つけることができなかった。

結果、どんなに考えても、芽衣には、目の前に並んでいる焦がれに焦がれた選択肢に手を伸ばせなくなってしまっていた。

苦しみの果てに決断した瞬間、蘇民将来はまるですべてわかっていたかのように、芽衣の頭を撫でた。

そして。

「本当の父にはなれなくとも、私は芽衣の味方だよ。——どこにいても、必ず、君を見守っている」

そう言いながら懐から出したのが、一本の茅。

蘇民将来はそれを芽衣に握らせ、あと二日だと言った。

「——天さん、……私には、あと二日あります」

蘇民将来から授かった一本の茅を差し出し、芽衣は天にそう伝えた。

天は光を失った瞳でその茅をじっと見つめる。

「二日、だと……？」

「はい。この茅の効き目が、……あと二日です」

「ずいぶん減ったな。……俺との約束から」

「……ごめんなさい」

天の口調はあくまでいつも通りだったけれど、どれだけ多くの感情を抑え込んでいるかは、そのかすかに震える声から胸が苦しくなる程に伝わってきた。

本当は、芽衣を問い詰め、説得したくて仕方がない心境だろうに、天はそれをしない。

天はおそらく、それが意味のないことだと察した上で、芽衣が下した決断の背景にある苦しみを慮り、尊重してくれているのだろう。

なにも聞かなくともそれが手に取るようにわかってしまうのは、一緒に過ごした今日までの間、心が深く繋がっていたからだと芽衣は思う。

天の優しさを嬉しく思う一方、いっそ思いきり責められた方が苦しくなかったかもしれないと、密かに考えている自分がいた。

思えば、出会った当初はまだ少年のようだった天は、芽衣と過ごすうちにみるみる大人(おとな)っぽくなり、頼りがいのある存在になった。

ヒトという弱い存在を必死に守ろうとする思いがそうさせたのだろうと、芽衣は負担をかけていることを申し訳なく思いながらも、心から感謝していた。

ただ、結果的にこんなにも物分かりよくさせてしまったことには、胸が苦しくて仕方がなかった。

天は、不安げに見上げる芽衣に、小さく微笑む。――そして。

「それで、……お前はなにがしたい？」

まるで、旅の計画でも立てるかのように、わずかに声を弾ませながら芽衣の頭を撫でた。

「え……？」

「なんでも叶えてやる」

「天さん……」

「なんでも」

これまでに聞いたことのないくらいの甘い声でそう言われ、堪える間もなく涙が溢れた。

天はそれを拭いながら、小さく笑う。

「泣くな。こっちは一分一秒無駄にしたくないのに」

「だって……」

「二日間で、……俺の記憶を、お前でいっぱいにしてくれ」

天はそう口にするやいなや、芽衣から咄嗟に目を逸らした。

けれど、かすかに濡れた瞳を、芽衣は見逃さなかった。

たまらない気持ちになって、芽衣は何度も頷く。そして。

「ずっと一緒にいてください。……一秒も、離れないで」

切実な願いを口にしながら、芽衣はふたたび天に抱きついた。

天はゆっくりと頷き返し、芽衣の背中に両腕を回す。

芽衣はその甘い香りに包まれながら、――叶わなかった、と。天と過ごす中で生まれた、唯一の願いが迎えようとしている末路を思った。

心の中には、憤りも無念もない。

自分で選択したという事実が、芽衣の心を少し冷静にさせていた。

それは、たとえすぐそこに後悔が待ち構えていても、想像を絶する寂しい日々を送ることになっても、これからもっと強く生きなければならないという自分への戒めになった。


「――一分一秒を無駄にしたくないと言ったのに」

大浪池の前で惜しみながらも石長姫とお浪に別れを告げた後、芽衣たちが向かったのは、陸奥(むつ)の山奥。

鬱蒼(うっそう)とした山の中に延びる細い道を歩きながら、天はいかにも不本意そうに文句を呟いた。

天が不機嫌な理由はひとつしかない。

芽衣たちが足を止めたのは、「可惜夜(あたらよ)」の前。可惜夜とは、天の兄弟子である仁が運営する宿だ。

本当なら真っ先にやおよろずに戻って燦や因幡の顔を見たかったけれど、天いわく、茶枳尼天と牛頭天王の気配がまだ伊勢にあるとのこと。

芽衣の決断を知れば、これ以上なにかを言われることもないはずだが、天は、今は絶対に茶枳尼天たちの顔を見たくないと言った。

そのときにさらりと口にした「今会えば殺しかねない」という言葉から、芽衣の決断を聞いても気丈に振る舞ってくれた天の本音が垣間見えた気がして、芽衣は一瞬言葉を失ってしまった。

結果、茶枳尼天たちは芽衣のことが耳に入り次第伊勢を離れるだろうという天の言葉を信じ、先に仁の元へと向かっている。

とはいえ、仁に対していつも素直じゃない天は、会うことを嫌がっていた。

今回も、最後だから仁に挨拶(あいさつ)をしたいと伝えるやいなやわかりやすく不満げな顔をしたけれど、必死な説得の末にようやく首を縦に振ってくれた。

ただ、なんだかんだで仁に懐いていることを知っている芽衣としては、嫌がる天が少し微笑ましくもあった。

「だって……、仁さんには散々お世話になりましたし……」

大袈裟に困った表情を浮かべると、天は肩をすくめる。

「世話したのはこっちだろう。奴は本来死んでたんだから」

「でも、天さんだって会いたがってたじゃないですか」

「……」

天の少年のような表情が見られるのは、仁に関係すること以外にない。

それがやけに新鮮で、意地が悪いと自覚しながらも、芽衣はついからかうようなことを言ってしまう。

天は苦虫を噛み潰したような表情を浮かべ、可惜夜を見上げながら大袈裟に溜め息をついた。

「すぐ帰るぞ。どうせ次の行き先は白狐のところだろ」

「……やっぱり、察してましたか」

「当たり前だ」

天はこれ以上ないくらいに不機嫌だけれど、二人の手はしっかりと繋がれ、離れる気配はまったくない。

会話はいたって普段通りを演じているくせ、手に込められた力にはなんの誤魔化し（ごまか）もなく、芽衣はなんだか切なくなった。

わずかに俯くと、すぐに視線が刺さる。

「……どうした？」

「い、いえ……」

今日の天は、わずかな感情の機微にも驚く程敏感だった。

天の気遣いを無駄にしないためには自分も普通でいなければと、芽衣は慌てて首を横に振る。

しかし、あまりに鋭い視線に射抜かれると、なにもかも透けて見られてしまいそうで、つい動揺してしまった。――そのとき。

「――やあ、芽衣」

絶妙なタイミングで現れてくれたのは、仁。

同時に響く、天の舌打ち。

「……と、天か。いらっしゃい」

仁は可笑しそうに笑いながら、いつもの穏やかな笑みを浮かべた。

芽衣は覚悟を決め、仁を見上げる。

「仁さん、あの……、実は私……」

「いいよ、言わなくて」

「え？」

「大丈夫だ」

言いかけた途端に言葉を遮られ、芽衣は戸惑った。

けれど、その目を見て、仁はすでにすべてを察しているのだと気付く。

荼枳尼天や牛頭天王にしても、いったいどういう方法で芽衣の情報を知るのか想像もつかないけれど、最後はあまり辛い別れにしたくないと考えていた芽衣にとって、それはありがたいことだった。

仁は芽衣の頭をそっと撫でると、二人を可惜夜の中へと促す。

「すぐ帰るなんて言わないで、ゆっくりしていくといい」

「……聞いてたな」

「そりゃ、ここら一帯は俺の縄張りなんでね」

仁はわざと煽るような言い方をし、固く繋がれた芽衣たちの手を見てわざとらしく笑みを深め、玄関へ向かった。

芽衣はやれやれと思いながら、その後に続く。天は相変わらず不機嫌そうにしながらも、やはり手を離すことはなかった。

その後、芽衣たちが通されたのは、いつか天照大御神の使いで大崎八幡宮（おおさきはちまんぐう）を訪れたときに、拠点として使わせてもらった部屋。

　中に入ると、あの日の壮絶な出来事がつい最近のことのように鮮明に蘇ってきて、芽衣は部屋をぼんやりと見渡しながら懐かしさに浸った。

「芽衣、長旅さぞかし疲れただろう。すぐにお茶の用意をするから、座って少し休みなさい」

「は、はい……、ありがとうございます」

　声をかけられ我に返った芽衣は、天に腕を引かれて隣に座る。

　仁に散々煽られて開き直ったのか、天との距離は肩が触れる程に近く、芽衣の顔がたちまち熱を持った。

　仁は可笑しそうに笑いながら、厨房へ行くため部屋の戸を開ける。

「そんなに独占力をむき出しにすると嫌われるよ」

　去り際、まるでとどめを刺すかのごとくそう言い捨てられ、天は眉間の皺をさらに深くした。

「て、天さん……」

「だから来たくなかったんだ、俺は」

「……」

「笑うな」

こっそり笑ったつもりがすぐに気付かれ、芽衣は堪えられずに笑い声を上げる。

しかし、天は切なげに瞳を揺らした。

途端に胸に痛みが走り、芽衣は笑みを引っ込め天を見つめる。——すると。

「いや、……やっぱり笑ってくれ」

天は芽衣の頬にそっと触れ、切実な声色でそう訴えた。

笑ってくれと言われたのに、たちまち瞳の奥が熱を持ち、芽衣は慌てて俯く。

「……ちょ、ちょっと待ってくださいね……、一分だけ……」

無理やり明るい声を出したつもりが、語尾は少し震えた。

天はなにも言わず、芽衣の頭を自分の胸に引き寄せる。

ふいに前髪に天の唇が触れ、そこからかすかに伝わる体温のせいで、芽衣の涙腺は余計に緩くなった。

しかし。

「どうする?」

唐突な質問に、芽衣はわずかに顔を上げる。

「どうする、って……」

戸惑う芽衣を他所に、天は背中に腕を回し、芽衣の肩に額を預ける。

「俺は別に、このままでもいいが」

「えっと……？」

芽衣にはなんの話をしているのかわからず、こてんと首をかしげる。——そのとき、突如部屋の戸が開け放たれ、芽衣はビクッと肩を揺らした。

現れた仁は、しらじらしく驚いた演技をしながら、戸の陰に隠れる。

「おっと。……邪魔したね。出直すよ」

「ち、違います、待ってください……！　今のは、……そ、そう、天さんがおかしな話を……」

「おかしな話を、ねえ」

言い訳が支離滅裂になってしまったのは、無理もない。

正直、そのときの芽衣は天のことで頭がいっぱいで、間もなく仁が戻ってくることが、頭からすっかり抜けてしまっていた。

こんなことではわざわざ訪ねた意味がなくなると、芽衣は慌てて天から離れ、仁を引き止める。

すると、仁はわざとらしく肩をすくめながら、芽衣たちの向かい側に座った。

「まぁ、天が芽衣とくっついていたい気持ちはわかるけどね。でも、せっかく来てくれたんだから、俺にも少しくらい芽衣と話をさせてくれ」

「時間がもったいないから、手短に頼む」

「……言葉を選ぶ気遣いが、清々しいほどにないな。その姿を昔の天に見せてやりたいよ」

「見せたとしても、当時のお前よりはマシだろ」

「ちょっ……、天さん……」

いつもの口喧嘩が始まりそうで、芽衣は慌てて二人の会話を遮る。

しかし、仁は芽衣たちにお茶を淹れてくれながら、穏やかな笑みを浮かべた。

「……俺は嬉しいんだよ。天が守りたいと思える相手と出会えたことが」

その感慨深げな呟きが、心にじんと沁みる。

ただ、芽衣たちのことをこんなにも喜んでくれているのに、残された時間はもう二日もなく、芽衣はただ俯くことしかできなかった。

天は、仁にとってもっとも大切な弟分にあたる。

芽衣はそんな天を酷く傷つけ、その上これから長い孤独を強いるような選択をしてしまった。

その事実が、体に重くのしかかってくる。――しかし。

「こら、そんな顔をしない。……別に、終わるわけじゃないんだから」

仁がふいに考えもしなかったことを口にし、芽衣は驚き顔を上げた。

一方、仁は、むしろ芽衣の反応が予想外だとばかりに、首をかしげる。

「いや、終わりじゃないだろう？　心が繋がっていれば」

「……」

「まあ、離れてしまえば、芽衣のような可愛い子には天以上にいい男がいくらでも寄ってくるだろうし、そういう意味なら終わりの可能性をはらんではいるが」

仁はなんでもないことのように話を進めるが、芽衣の頭には、仁がなにげなく口にした「終わりじゃない」という言葉が、今もまだ余韻を残していた。

考えてみれば、確かに、これが成立してはならない恋であり、もう永遠に会うことが叶わなくとも、芽衣の中にある天への気持ちを消してしまうことだけは誰にもできない。

実際に離れてしまえば、そんなのはただの気休めにしかならないかもしれないけれど、一番大切なものを、誰にも干渉されることなくきちんと守ることができるという事実は、芽衣にとって救いだった。

途端に、会えないことにただ打ちのめされていた心が、ほんの少し軽くなったような心地を覚える。

そんな中、仁はおそらく芽衣を元気付けようとしてくれているのだろう、普段の落ち着いた印象とは違い、少年のようにいたずらっぽく天をさらに揶揄（やゆ）した。

「一方、天は本当に口も悪いし、女性の扱いに関して致命的だから。普通の女性はすぐに愛想を尽かすだろうな」

「じ、仁さん……」

また喧嘩が始まるのではとハラハラし、芽衣はふたたび言葉を挟む。

しかし、いつもならすぐに引いてくれるところなのに、仁は意味深な笑みを浮かべ、さらに言葉を続けた。

「もし芽衣が心変わりしたときには、さぞかしこれまでの行いを反省するだろう。……まあ、俺からすれば、それもちょっと見ものだ」

「そ、そんな……！」

それは、あまり普段の仁らしくない、少し薄情にすら感じられる言い様だった。

芽衣は驚き、咄嗟に声をあげる。――そのとき。

「――たとえそれが現実になったとしても、俺は芽衣が笑っていれば別にいい」

天のことだから怒って帰りかねないという予想に反し、そう口にした天の声は、意外にも落ち着き払っていた。

芽衣がポカンとする中、仁が小さく笑う。

そして。

「芽衣。……離れても二人の心は繋がっていられると俺は思う。ただ、かといって、それに縛られる必要はない。……ヒトの一生はとても短いんだから、芽衣が思うように生きなさい」

その言葉を聞いた瞬間、すべては、言葉足らずな天を心配しての仁による計らいだったのだと芽衣は察した。

仁は、ヒトの世に戻ってからの芽衣の心の拠り所を用意してくれただけでなく、この世に留まることを選ばなかった負い目を払拭するための言葉を、天の口から言わせたのだと。

「仁さん……」

この人には敵わないと、芽衣は思う。

仁はおそらく、ずっと前からこうして二歩も三歩も先のことを考えながら、天のことをそっと支えてきたのだろうと。——けれど。

「私には、天さん以上の人なんていませんよ」

芽衣は、驚く程さらりとそう口にしていた。

「……まさか惚気が返ってくるとは」

仁が声をあげて笑い、途端に頬が熱を帯びる。

ただ、そのときの芽衣は、どうしても言わなければならないような衝動に駆られていて、自分でも止めることができなかった。

「すみません……。でも、これで終わりじゃないなら、目移りなんてするわけがないし……」

「ああ。もちろんそれも芽衣の自由だよ」

「……ま、まあ、天さんが素敵な女性と出会ったときは、身を引かざるを得ないんですが……」

半分照れ隠しで付け加えたひと言は、相変わらずニヤニヤしている仁のせいで語尾が萎(しぼ)む。

天はといえば、同時に二人からの視線を受けながらも動揺ひとつせず、首をかしげた。

そして。

「俺は、猪みたいな女が好みらしい」

「い、猪……？」

「そんな奴いないだろ、お前の他に。……だから、そんな万一の予想をしてもなんの意味もない」

「天さん……」

いかにも天らしいストレートな言葉に、芽衣は感動を覚える。

一方、仁はすっかり呆れていた。

「天も天だけど、猪と言われて喜ぶ方もどうかしてるよ」

「……だって」

「まあ、幸せそうでなによりだ。……ところで、残りの一日半、どう過ごすかはもう決めたかい？」

残された時間を改めて聞いてしまうと、その短さに胸が痛んだ。

けれど、もはや悲しんでいる時間すら惜しい芽衣は、それを心の奥へ無理やり押し込めて頷く。

「あ……、はい。ざっくりとですけど……。とりあえず、シロや、やおよろずで一緒に過ごした皆にお別れをと思って」

「そうか。神様たちにはいいのかい？　芽衣はもはや有名人だから、寂しがる神様たちも多いだろうに」

「もちろんお会いしたい気持ちは山々なんですけど……、でも、神様たちにはヒトの世に戻ってからでもご挨拶に伺えますから。もちろん、今みたいに直接お話しすることはできませんが……」

神様たちがヒトの思いによって存在していることを、芽衣は神の世で過ごす中で知った。

つまり神様たちには、ヒトの世にも必ず居場所が存在する。神社は当然だが、御神木や池や海や山など、ありとあらゆる場所に。

逆に言えば、なにかの化身や黒塚のような妖とは、もう気配を感じることすら叶わない可能性が高い。

だからこそ、残された時間はより身近で支えてくれた仲間たちに使いたいと考えていた。

「そうか。……そうだね。なら、あまりゆっくりしてはいられないな。本当は泊まっていってほしかったが」

「ありがとうございます。ただ、やおよろずに戻るのは、荼枳尼天様たちが伊勢を去られてからにした方がいいかなと思っていて……」

「なるほど。この期に及んで邪魔されたらたまらないからね。……ただ、さすがにもう伊勢を離れていると思うが」

仁はそう言い、ふいに窓の外の方へ視線を向ける。

そして、しばらく気配を探るように目を閉じ、それから芽衣に微笑みかけた。

「……やはり、荼枳尼天たちの気配はもう伊勢にない。とはいえ、そう遠くもないようだから、芽衣たちを気遣っているのかもしれないな。そこまで野暮なことをする気はないんだろう。……ただ、それよりも……」

「え……？」

やけに含みのある声に、芽衣は思わず身構える。

仁は珍しく少し戸惑っている様子で、突如立ち上がったかと思うと、細く窓を開けて外を確認した。

「仁さん……？」

得体の知れない不安を覚え、芽衣の鼓動がみるみる速くなる。

しかし、振り返った仁は不穏さとは程遠い表情を浮かべていた。

「……驚いたな」

「え……?」

「芽衣にお客さんだ」

「お客さん、って……」

戸惑う芽衣の背中を、天がそっと押す。

おそらく、天は来客の正体を察しているのだろう。

ただ、仁のように動揺する様子はなかった。

芽衣は緊張しながら窓辺に近寄り、おそるおそる外を覗く。

そして、早速目に映った光景に、目を見開いた。

「戌神様……!」

そこにいたのは、戌神。

大崎八幡宮で応神天皇が可愛がっていた、掛体神の一柱にあたる。

その巨大な見た目は戌というよりは猛獣のようで、全身に炎を纏う姿はかなり迫力があるが、その背後にはふわふわと揺れる尻尾が見える。

まさか会いに来てくれるなんて思いもせず、芽衣は衝動的に窓枠を越えて庭に下りた。

「め、芽衣、ちょっと待ちなさ……」

「猪だって言ったろ」

「……」

二人の会話を背中で聞きながらも勢いは止まることなく、芽衣は戌神に駆け寄ってその首元に思いきり抱きつく。

戌神は炎を弱め、嬉しそうに芽衣の頬を舐めた。

「草の縁が蜘蛛に襲われたときは、シロを助けてくれてありがとうございました……！　ずっとお礼を言いたくて……！」

戌神はヒトの言葉を話さないけれど、その優しい目を見れば、思いが伝わってくるような気がした。

きっと、芽衣がヒトの世に戻る決断をしたことを察し、わざわざ駆けつけてくれたのだろう。

「あのときは応神天皇様に心配をかけませんでしたか……？　戌神様が抜け出しちゃったら、また武神に追い回されるんじゃないかと思って心配で……。そもそも、今日はちゃんと言ってから来ました？　勝手に出てきてないですよね……？」

次々と質問をたたみかける芽衣に答えるように、戌神はゆっくりと瞬きをする。

芽衣はその様子にほっとし、ふかふかの毛に顔を埋めた。

「よかった。……私はもうお役に立てないんですから、気をつけてくださいね……？」

そう言うと、戌神はクゥンと小さく唸り声を零す。

同時に、後ろに天と仁の気配を覚えた。

「武神すら完全武装する程に恐れる戌神が、芽衣の前ではまるで飼い犬じゃないか。……芽衣が不思議な者からやたらと懐かれることには薄々気付いていたが、ここまでとは……」

「うちへ帰れば、猩猩と妖もいる」

「そうだったな。……ヒトにしておくのは惜しい才能だね」

「……本当に、そう思う」

ヒトでなければずっと一緒にいられたのに、と。

ふいに天の言葉の続きを想像してしまって、唐突に、涙が一粒零れた。

慌てて拭おうとした瞬間に戌神から顔を思い切り舐められ、仁の笑い声が響く。

「……舐められただけで溺れそうだな」

それはおそらく、戌神の計らいだったのだろう。

こうして、感情の機微を敏感に察知してくれるところなんかは、やはり戌だと芽衣は思った。

　涙を誤魔化してくれたことに感謝し、芽衣は笑みを繕って振り返る。

「確かに、いっそヒトじゃなければよかったのにって思ったことは何度もありますけど……、ただ、もし穢れを祓えずに妖になってしまっていたとしても、私は黒塚さんのように要領がよくないですし、下手すれば我を忘れて周りを傷つけていたんじゃないかって思うんです。……そう考えたら、やっぱり私はヒト以外では上手く生きていけない気がします」

「芽衣……」

「まあ、……もし次に生まれ変わるなら、次は絶対に狐になりたいですね。……それで、化身になってまた天さんに――」

　言い終えないうちに、戌神がふたたび芽衣の顔を舐めた。

　その瞬間、芽衣は自分でも気付かないうちに、涙を流していたことに気付く。

　自分としては笑っていたつもりだったのに、どうやら涙腺が完全に壊れてしまっているらしい。

　戌神は悲しげに瞳を揺らし、何度も何度も芽衣の顔を舐めた。

　もはや泣いていることは二人にバレてしまっているというのに、戌神に止める気配はない。

「い、戌神様……、あの……」

控えめに止めたものの聞いてくれず、されるがままになっていると、みるみる顔も着物もじっとりと濡れていく。

芽衣はなんだか笑えてきて、体をのけぞらせた。

「ちょっ……、待っ……、もうだいじょ……」

しかし、戌神は相変わらず必死な様子で、さらに距離を詰めるとふたたび芽衣の顔を舐める。

「っ……、だから、もういいって言っ……、……あはは！」

ついに我慢できなくなり声を出して笑うと、仁の笑い声も重なって響いた。

一方、天は痺れを切らしたとばかりに、あからさまに不機嫌な顔で戌神から芽衣を引き剥がす。

戌神はそんな天にも大きく尻尾を振り、鼻先を擦り寄せた。

「……こら、俺には懐かなくていい」

そう言いながらも首元を撫でる手は優しく、芽衣の頬が緩む。

辺りには、別れが迫っているとは思えない、穏やかな空気が流れていた。

しかし、それもそう長くは続かず、戌神は突如遠くに視線を向けると、名残惜しそうに小さく唸る。

「お戻りですか……？」

戌神は頷く代わりに尻尾を一度振り、それから、芽衣の手をそっと咥えると、手のひらの上になにかをポトリと落とした。

それは指先程の大きさの、白濁した半透明な塊で、よく見れば奥の方で赤いものがゆらめいているように見える。

「これって……」

「牙のカケラじゃないかな。お守りのつもりだと思うけど……、すごく貴重なものだよ」

答えをくれたのは、仁。

芽衣はそれを強く握りしめ、ふたたび戌神に抱きついた。

「……ありがとうございます」

お礼を口にしながらも、見るからに不思議なこのお守りを、このままの形でヒトの世へ持っていける可能性は低いだろうと芽衣は思っていた。

それでも、芽衣のために大切な牙のカケラをくれた戌神の思いやりが嬉しくて仕方がなかった。

芽衣は名残惜しくも戌神から手を離し、精一杯の笑みを浮かべる。

そして。

「……ヒトの世に帰っても、必ず会いに行きますね」

そう伝えると、戌神はゆっくりと瞬きをし、芽衣たちに背を向けた。

そして、一度だけ振り返り、それから森の奥へと走り去って行く。

辺り一帯を取り巻いていた熱が一気に冷め、芽衣は途端に寂しさを覚えた。

しんと静まり返る中、芽衣は手のひらの上にちょこんと乗る、戌神から賜った牙のカケラに視線を落とす。

「これって、やっぱりヒトの世に戻ると消えちゃうんでしょうか……」

呟くと、天は牙のカケラに指先で触れながら眉根を寄せた。

「わからない。……ただ、仮にも神が、無意味と知っていながら貴重なものを渡すとは思えないが……」

「形だけでも残って欲しいです……。たとえただの石になっちゃったとしても、大切に持っていたいので……」

芽衣はそう願いながら、牙のカケラを注意深く懐に仕舞う。

すると、天が芽衣の肩にそっと触れ、それから仁の方へ視線を向けた。

「仁。……俺らはそろそろ行く」

　ふいに、仁の瞳が揺れた。

　そんな些細な反応で、仁が芽衣との別れをどれだけ寂しがってくれているか、痛い程伝わってくる。

「……そうか」

　いつもは饒舌（じょうぜつ）な仁が、それ以上なにも言わなかった。

　芽衣は胸の痛みを堪えながら、仁の手を取って笑みを浮かべる。

「仁さん」

「……ああ」

「どうか、お元気で」

「……芽衣も」

　大きな手に髪を撫でられ、芽衣は深く頷く。

　すると、それを合図にするかのように、天が狐に姿を変えた。

　芽衣が背中に掴まると、天はゆっくりと足を踏み出す。

「仁さん、天さんのこと、頼みますね……！」

　少しずつ離れていく仁の姿を目に焼き付けながら、意識した以上に明るい声が出たことに、芽衣は密かにほっとしていた。

やがて天は速度を上げ、すぐに周囲の景色が曖昧になる。

そして、程なくして到着したのは、草の縁の前。

芽衣が背から下りると天はヒトに姿を変え、草の縁の門を見上げるやいなや、早速嫌そうな表情を浮かべる。

「……ここは、可惜夜以上に手短に済ませてくれ。……と、言いたいところだが……、風呂を借りた方がいいな。そこまで戌神の匂いがまとわりついていると、猩猩がお前に近寄れない」

「あ……、そっか……」

犬猿の仲とはよく言うが、どうやらそれは本当らしい。

ただ、天からそんな提案を貰えるとは思いもせず、芽衣は正直驚いていた。

「でも、シロの温泉に入ってもいいんですか……？」

念のために確認すると、天はさらに顔をしかめる。

「ずっと入りたがってただろ。……そんなくだらないことを思い残しにされたらたまらないからな」

「そんなこと……」

「今日は俺が見張る。だから、別に問題ない」

シロとの仲云々を置いておいたとしても、そもそも湿気を嫌う天は、あまり温泉に近寄りたがらない。

だからこそ、自分の目の届かない場所で芽衣が草の縁の温泉を利用することをかたくなに嫌がっていた。

なのに、今日は嫌々ながらもかなり譲歩してくれるらしい。

「天さん、ありがとうございます……」

「そんなに喜ばれると複雑だ」

「……温泉のことだけじゃなくて」

もちろん、初めてシロの温泉に入れることは嬉しいけれど、ひとつでも多く芽衣の望みを叶えようとしてくれる天の思いが、芽衣にとってはなにより嬉しかった。

ただ、間もなく終わりが迫っているというこの状況のせいか、どんな些細なことにも過剰に感動してしまって、芽衣は、その都度込み上げてくる涙を堪えることに苦労していた。

天は言葉に詰まった芽衣の髪にそっと触れる。

そして、なにか言いたげに口を開いた、そのとき。

「芽衣！」

遠くから響き渡った、シロの呼び声。

視線を向けると、シロは着物も髪も乱しながら一直線に芽衣に駆け寄り、思いきり抱きついてきた。

「シ……、シロ、待っ……」

「芽衣！　会いたかった！」

「シロ……」

「会いたかったよ！」

シロはいつも芽衣の来訪を心から喜んでくれるけれど、その何倍もの歓迎ぶりに、シロもまたすべてを知っているのだと芽衣は察した。

けれど、シロにはどうしても自分の口から伝えなければならない気がして、芽衣はそっと体を離す。——しかし。

「シロ、あのね……」

「いい！　大丈夫！」

シロは、いつもと変わらない調子で芽衣の言葉を遮った。

「シロ……？」

「大丈夫だよ、会えるから」

「え……？」

「絶対会える。そう信じる。だから、芽衣はなにも言わないで」

なんてシロらしいまっすぐな言葉だろうと、芽衣は思う。

ただ、芽衣の背中に回る両腕は、かすかに震えていた。

出会った頃はどこか頼りなく、危なっかしい存在だったのに、いつの間にこんなにも大人になったのだろうと芽衣は思う。

シロのことだから、別れなんて嫌だと、行かないでほしいと大騒ぎするだろうと想像していた芽衣にとって、この誤算は胸に込み上げるものがあった。

天もまた、今日ばかりは割って入ることはせず、黙って見守っている。

そんな様子を見ながら、もういつもの日常とは違うのだということを、芽衣はより強く実感していた。

やがて、シロは芽衣から離れると、門に架けられた「歓迎」という札を外し、二人を中へ促す。

「今日は貸切ね」

「え、でも……」

「いいから行こ。ちょっといい感じの温泉を作ったから」

芽衣が戸惑いながらもついて行くと、シロは敷地の一番端まで進み、竹柵の囲いに設置された小さな戸を開けた。

中を覗き込むと、そこにあったのは、湯にたくさんの花を浮かばせた、とても鮮やかな温泉。

「わあ……、素敵……！」

途端に目を輝かせる芽衣を見て、シロは満足そうに笑った。

「ただ花を摘んで浮かべたわけじゃないよ。これは、温泉で育つ貴重な花なんだって。この間来た神様が草の縁を気に入ってくれて、お礼にくれたの」

「温泉で育つなんて、珍しいね……」

「うん。でね、疲れたとか、苦しいとか、温泉に入った人の気持ちを吸い取って咲くらしいよ。面白いよね」

「お、面白い……っていうか……」

感情を吸い取ると聞くと、面白いというよりは少し怖くもあったけれど、湯に浮かぶ花は思わず見惚れてしまう程に美しい。

すると、シロはそんな芽衣の背中をそっと押した。

「……僕、草の縁を始めてから今までずっと、芽衣はどんな温泉を喜んでくれるだろうって考えてたんだよ。もしいつか芽衣が入ってくれるなら、見たことがないくらい綺麗で気持ちよくて楽しい温泉を準備しなきゃって。……だから、喜んでくれたら嬉しいな」

「シロ……」

思い返してみれば、シロはいつも芽衣に対してまっすぐで、なにごとも芽衣を中心に考えてくれていた。

天に比べれば危なっかしい面は多々あったけれど、芽衣を喜ばせたいとか、役に立ちたいというひたむきさに、何度心を打たれたかわからない。

まさに目の前に広がる美しい温泉がその集大成のように思え、ふいに胸が締め付けられた。

「だから、ゆっくり堪能してね」

少し不安げに言うシロが愛しくて、芽衣は思わず頭を撫でる。

シロは気持ちよさそうに目を細め、まるで子供のような無防備な笑みを浮かべた。

「私、こんな素敵な温泉、見たことないよ。ありがとう」

「……よかった」

「じゃあ、入ってくるね」

「うん。……僕たちは柵の外にいるから、柵越しにお話ししよ」

芽衣が頷くと、シロはそっと柵の戸を閉める。

芽衣は早速鮮やかな花が浮かぶ湯に入り、ほっと息をついた。

肌にまとわりつくような柔らかい湯が気持ちよく、縁の石に頭を預けると、全身からじわじわと力が抜けていく。

ただ、見上げた空はすでに夕方の気配が漂っていて、間もなく一日が終わってしまうことを実感し、ふと寂しさを覚えた。

あと一日か、と。

できればあまり考えずにいたいのに、ひとたび意識した途端、心の奥がじんと冷える。

それは温泉をもってしても温めることができず、芽衣は目を閉じ、湯の中で膝を抱えた。

今さらだとわかっていながら、自分の決断は本当に正しかったのだろうかという迷いが膨らんでいく。

一人だと寂しさを誤魔化す必要がないからか、どうやってもネガティブな思いを払い除けることができなかった。——しかし。

ふと目を開けた瞬間、芽衣の目に映ったのは、目の前に浮かんでいた大輪の白い花が、突如、鮮やかな青に色を変える光景。

同時に、冷え切った心がふわりとほどけるような心地を覚えた。

芽衣は驚き、色を変えた花を見つめる。

すると、突如、芽衣に近い場所から順に他のすべての花が、まるで青空のような青へと色を変えていった。

やがてすべてが色を変え終えた頃、芽衣は、驚く程心が軽くなっていることに気付く。

そして、この花が感情を吸って咲くという話は本当だったのだと、芽衣は実際に目の当たりにして改めて驚いていた。

まるで魔法のような、不思議な心地だった。

芽衣はシロの一生懸命な思いが伝わる温泉を、ゆっくりと堪能する。

もう寂しさが込み上げてくることはなく、開いた花から漂う優しい香りがゆっくりと芽衣の心を癒した。

「……芽衣」

そんなとき、ふいにシロの声が響く。

「温泉どう？　気に入った？」

少し不安げに尋ねる声から気遣いが伝わってきて、芽衣は思わず笑い声を零した。

「うん。すごく気持ちいいし、こんな素敵な温泉生まれて初めてだよ。……きっと、一生忘れないと思う」

「本当？　よかった」

「……シロ、ありがとう」

「芽衣が喜ぶなら、僕はどんなことだってするよ。だって、僕は芽衣から返しきれないくらい大切なものを貰ってるし」

「大切なもの？　私がシロに……？」

そう言われても思い当たらず、芽衣は首をかしげる。――すると。

「うん。……僕の名前と、ここで生きる意味」

その言葉を聞いた途端、ふいに、シロと出会った頃のことが頭を過った。

当時のシロはまだ小さな白い狐で、怪我を負って山を彷徨い、手当をしようとした芽衣を強く警戒していた。

一方、その後に化身となって現れたシロは驚く程人懐っこく、唐突に名付けを託されたことを今も鮮明に覚えている。

あの頃の芽衣は、名前を付けることをさほど重く捉えていなかった。

けれど、それがどれ程大切な意味を持つかを、シロはこれまでに身をもって体現していたように思う。

胸が詰まって、芽衣はなにも言葉を返すことができなかった。

すると、シロはさらに言葉を続ける。

「僕は真っ白い体で生まれて苦労したから、ずっと白い色が嫌いだったけど、芽衣が綺麗だって言ってくれたから好きになったよ。だから、シロって名前をすごく気に入ってる」

「シロ……」

「芽衣、ありがとう」

シロのお礼が心に響くと同時に、湯に浮かんでいた花が、花びらの色を柔らかいピンク色に変えた。

同時に香りも一段と濃くなり、辺り一帯に広がっていく。

そして。

「言っとくけど、今のは別れの挨拶じゃないからね。さっきも言ったけど、絶対また会えるし」

少し照れ臭そうな言葉が届くと同時に、湯の上では、いくつかの花がさらに大きく花弁を開いた。

やがてすべての花が満開になり、芽衣はその夢のように美しい光景を眺めながら、自分がシロの言葉でどれだけ救われたかを実感していた。

「……ありがとう、シロ。私も、会える気がする」

「気がするじゃなくて、会えるんだってば」

拗ねたような言い方に、芽衣は思わず笑う。

根拠なんてなにもないとわかっていながら、少しの迷いも感じさせずにはっきりと言い切るシロの言葉は、そのときの芽衣にとって確かな希望になった。

「うん。……じゃあ信じる」

そう言うと、シロの笑い声が響く。

芽衣は、その声を記憶にしっかりと焼き付けておこうと思った。

温泉から出た後、芽衣とシロはまるで明日も会えるような簡単な別れの言葉を交わし、それからやおよろずへ向けて歩いた。

辺りはもう真っ暗だったけれど、数えきれないくらい何度も歩いたこの道は、たとえ月明かりがなくとも迷うことはない。

ただ、足取りは決して軽くはなかった。

せっかく温泉の花に癒してもらったばかりだというのに、ここを通るのはおそらく最後だろうと考えると、さまざまな思いが込み上げてくる。

こんな調子で因幡や燦の前で上手く笑えるだろうかという不安が、芽衣の心の中でみるみる膨らんでいた。

あまり悲観的にならないようにと、芽衣は頭を切り替えるために首を横に振る。そして。

「そういえば……、天さん、草の縁ではずっと黙ってましたね」

思いついたままに口にした言葉は、言った後でずいぶん野暮だと気付いた。努めて出した明るい声が、それをさらに上塗りしている。

しかし、慌てる芽衣を他所に、天はただ小さく頷いた。

「まあ、さすがに」

「シロを気遣ってのことですよね。……すみません、変なこと聞いて」

芽衣が謝ると、天は少し黙り、それからふたたび口を開く。

「いや、それだけじゃない。……会えると言い切るあの白狐に、正直少し圧倒されてた」

「え……？」

思いもしなかった言葉を返され、芽衣は驚き天を見上げた。

「奴は馬鹿だが、……少し羨ましいな」

天はそう呟くと同時に、繋がる手に強く力を込める。言い方は軽かったけれど、羨ましいという言葉が芽衣の心に重く響いた。

天がシロのことをそんなふうに言うなんて、これまでに一度もない。

芽衣は衝動的に立ち止まり、天の腕を引いた。

「だけど……、信じるだけなら、別にいいのかもって、私も……」

心の片隅に、どうにもならないのだから希望を持つべきではないという思いがあったせいか、自分で思うよりもずっと切羽詰まった声になった。

天はしばらく無言で芽衣を見つめ、ゆっくりと口を開く。しかし。

「……俺は、お前の望みはなんでも叶えたい。……だが――」

そこまで言って、わずかに視線を落とした。

ただ、芽衣には、言いかけて止めた言葉の続きがわかっていた。

天は、守れない約束をしたことがない。だから、気休めにしかならない約束を交わしたくないのだろうと。

これまで、芽衣を守るという言葉を確実に守り続けてくれた天だからこそ、そう考えるのは当然だった。

苦しそうに瞳を揺らす天が痛々しく、芽衣は、衝動的に口にしてしまったことを心から後悔した。

「い、いいです……！　大丈夫です！　この話は止めましょう……！　つい、いろんなことを考えちゃって」

「……芽衣」

「それより、なんだかいい香りがしません？　もしかして、燦ちゃんがご飯を作って待っててくれてるのかも」

慌てて笑みを繕い話題を変えたものの、天はまだなにかを言いたげな表情を浮かべていた。

それでも芽衣は強引に腕を引き、ふたたび足を踏み出す。

やがて、目線の先にやおよろずの鳥居が見えはじめると、芽衣はついつい早足になった。

「荼枳尼天様、どこかに隠れてたりしませんよね……？」

「……芽衣」

「まだいたらやだなぁ。……神様にやだなぁなんて言ったら、バチが当たっちゃうか……」

天の顔を見ることができないまま、芽衣はさらに腕を引いて鳥居を潜る。

すると、そのとき。

「芽衣！」

懐かしさすら覚える声が響き、同時に、真っ白の大きな塊が芽衣の顔に飛びついてきた。

不意打ちに驚きながらも、馴染みのある柔らかい感触に埋もれるやいなや、やおよろずに帰ってきたのだと強く実感する。

「因幡……、待っ……、苦し……」

「芽衣！　阿呆！　お前は本当に阿呆だ！」

「なんっ……ってか、息できな……」

芽衣は因幡を無理やり引き剥がしながら、この日常通りのやり取りに少しほっとしていた。

しかし、ようやく離れた因幡はボロボロと涙を流していて、芽衣は衝動的にもう一度抱き締める。

「ちょ、ちょっと……、因幡、やめてよ……」

正直、因幡は芽衣の選択に馬鹿だ無能だと言いながら、終始文句を言い続けること
だろうと想像していた。

なのに、むしろ誰よりも遠慮なく泣く姿はあまりに意外で、胸に迫るものがあった。

気を緩めたらつられてしまいそうで、芽衣は必死に堪える。

「芽衣よ」

「……うん？」

「これから、俺の世話は誰がするのだ」

「世話って……私の何百倍も生きてるくせに」

「なら、お前にこれから困ったことが起きたときはどうする。ヒトの世に俺程頭のき
れる者など絶対にいないだろう」

「……うん。それは、困るね」

「ほら見ろ！　ならば今すぐ例の妙な男の娘に――」

「――因幡」

興奮した因幡を制したのは、いつの間にか傍にいた燦。

燦は芽衣の手を引き、やおよろずの中へと促した。

「芽衣、おかえり。月見の用意をしてるよ」

「月見……？　まだそんな時期じゃ……」

「月が出ていれば、月見はできるから」

「……そっか」

芽衣はやおよろずの屋根の上に皆が集まる月見をとても気に入っていて、燦はそれをよく知ってくれている。

おそらく今日は、思い出作りにと用意してくれたのだろう。

燦は因幡と違いいつも冷静で、感情をあまり表に出さないけれど、どんなときも芽衣の気持ちを尊重して静かに見守る、まるで姉のような優しさがある。

芽衣はそんな思いに感謝しながら、燦の後に続いた。

「……ねえ、燦ちゃんたちはどうやって知ったの？　……その……、私の状況というか……」

階段を上りながら、芽衣がふいに投げかけたのは、素朴な疑問。

神様たちがすべてを知っていたことはとくに不思議に思わなかったけれど、改めて考えてみれば、茶枳尼天と関係の深い仁だけでなく、シロや燦たちまでがすべてを知っていたことは少し不思議だった。

するど、首にしがみついたままの因幡が不満げに溜め息をつく。

「茶枳尼天たちがいきなりここを出て行った後に、燦が豊受大神から聞いたのだ。芽衣の身を案じていたシロにも伝えた」

「あ……、そういうこと……」

「……もっと早くそれを知っていれば、茶枳尼天も牛頭天王も俺が始末してやったのに」

「因幡が？」

「……いちいち聞き返すな」

髪を引っ張られ、芽衣は思わず笑う。

ただ、こうしていつも通りの会話をしていても、もう寂しさを誤魔化すことはできなかった。

やがて芽衣たちは、天の部屋のベランダから屋根の上へ上がる。

まず最初に驚いたのは、夜空に浮かぶ大きな満月。

ついさっき森を歩いたときには確かに三日月だったのにと、芽衣は空を見上げたまま言葉を失った。

すると、天が横に立ち、肩をすくめる。

「月読の術だろ」

「ツクヨミ様が……？」

ツクヨミとは、月を通じて過去を見ることができる神様。確かに、こんなことができる神様なんて、他に思い当たらない。

芽衣は美しい満月にすっかり心を奪われ、ぼんやりと見惚れながら、なんて粋な計らいだろうと思った。

しかし、突如響いた因幡の大袈裟な溜め息で、ハッと我に返る。

「どうしたの？」

「見ろ、すでに始めている奴らがいる」

「え？」

そう言われて視線を向けると、屋根の一番端の冠瓦の上に優雅に腰掛ける艶めかしい影が見えた。

「黒塚さん……！」

普段はこういう場に混ざることなんてあまりないのに、黒塚は芽衣と目が合うと盃を軽く掲げた。

その正面には、すでに顔を火照らせている猩猩の姿。

猩猩は芽衣に気付くと目を輝かせ、空を舞うように屋根の上を移動すると、因幡をあっさりと払い除けて芽衣を横抱きにした。

「ちょっと待っ……！」

急なことに驚いたものの、猩猩は芽衣を黒塚の前に運ぶ。

黒塚は、呆然とする芽衣に空の盃を渡した。

「え、あの……」

戸惑いながらも受け取ると、猩猩がそこに酒を注ぐ。

金粉が混ざった酒は月明かりを反射してキラキラと輝き、やがて凪いだ表面に大きな満月を映した。

まるで一幅の絵画のようで、芽衣はその美しさに息を呑む。

「特別なお酒なのよ」

手元の酒に見惚れる芽衣に、黒塚が静かにそう言った。

黒塚は多くを語らないが、おそらくこれは、芽衣のために用意してくれたものなのだろう。

そっと口を付けると、途端に頬に熱が灯る感覚を覚えた。

「……すごく、美味しいです」

「それはなにより」

黒塚は、目を細めて笑う。

その、いつもならつい警戒してしまうような妖しく美しい笑みに、今日は不思議なくらい心が震えた。

そんな中、猩猩は芽衣にべったりとひっついたまま、手酌で酒を呷る。

すると、すぐに因幡が駆け寄ってきて、芽衣と猩猩の間に無理やり体を捩じ込ませた。

「おい、新参者は向こうへ行け。俺は芽衣の師匠だぞ」

「キッ」

「なんだ、その目は」

今にも喧嘩が始まりそうで、芽衣は慌てて因幡を抱え上げる。

すると、燦が芽衣の前に料理を運びながら、やれやれといった様子で溜め息をついた。

「因幡は騒ぐなら向こうへ行って。……芽衣、お腹すいてるでしょ」

「燦ちゃん……」

「芽衣のために作ったから、食べて」

確かに、目の前に並べられた料理は芽衣が好きなものばかりだった。

盛り付けも、まるで宿泊客に出すものと同じくらい綺麗で、ひとつひとつに丁寧な仕事がなされ、初めて燦の料理を目にしたときの感動が蘇ってくる。

「なんだか贅沢……。料理はもちろんだけど、こんな……」

こんなふうに皆と別れの時間を持てるなんて、と。

芽衣はそう言いかけて、口を噤んだ。せっかくの温かい雰囲気に、水を差してしまいそうで。

本来なら、芽衣は、牛頭天王が現れたあのときに、こんなふうに皆に会えないまま孤独な別れを迎えるはずだった。

石長姫が蘇民将来のことを教えてくれたからこそ、二日の猶予を得、こんなに満たされた時間を過ごせている。

もっとも望んだ結果とは言えないかもしれないが、それでも諦めなくてよかったと、芽衣は心からそう思った。

すると、黒塚が芽衣の盃に酒を注ぎながら、艶っぽい笑みを浮かべる。

「美味しい酒を前にそんな顔をするなんて、無粋な人」

「……すみません」

そう言われ、我に返った芽衣はなみなみと注がれた酒に口をつける。

幸い、黒塚の酒は思考を程よく曖昧にしてくれた。

だから、今はもう余計なことは考えず、皆との時間を純粋に楽しもうと、素直にそう思えた。

しかし、――楽しい時間が過ぎるのはあまりにも早く、満月が真南に差し掛かった頃には、いつも早起きの燦はウトウトしはじめ、因幡や猩猩はすっかり酔いが回っていた。

「――し、新参者の猩猩は、知らぬだろうが……、芽衣は体ひとつで八十神(やそがみ)をはじめ、数々の妖どもに立ち向かい、か、片っ端から、薙(な)ぎ倒し……」

「キッ」

「……猩猩、そんな話を信じないでね……。因幡、もう呂律(ろれつ)が回ってないじゃない……」

「いや……、お前が、そこらの神々以上の、とんでもなく無謀な武勇伝を持っているのは事実だろう……」

「誇張しすぎだよ……」

ただ、そんな中、芽衣はそれ以上酔うことができないでいた。

いつもならすぐに潰れてしまうのに、今日に関しては、奇妙なくらいに眠気ひとつない。

徐々に違和感を覚え、芽衣は手元の酒をじっと見つめる。——すると。

「最後の一日は、——大切にね」

突如黒塚が立ち上がり、芽衣にそう言って微笑んでみせた。

「え……？」

黒塚は呆然と見上げる芽衣を他所に、すっかり眠ってしまった燦の頭にそっと触れる。

そして。

「天様、それではこれで」

そう言い残し、燦もろともまるで霧のように姿を消してしまった。

驚いて辺りを見渡したもののどこにも姿はなく、それどころか猩猩や因幡までいなくなっている。

「え……、なん……」

もしかしてすべては幻覚だったのではないかと、一瞬、不安が過った。

しかし、そのとき。

「芽衣」

名を呼ばれて視線を向けると、月を背にした天と目が合う。

思えば、天は月見の間、騒ぎっぱなしの因幡たちとは少し離れ、静かに酒を呑んでいた。

それが、最後の時間を楽しむ皆に対する天なりの計らいだとわかっていながら、なんだか寂しそうに見えて、芽衣はずっと気になっていた。

「天さん……？」

名を呼び返すと、天はゆっくりと立ち上がり、芽衣の正面までやってきてそっと膝をつく。

「残りの一日は、――全部俺にくれ」

まっすぐな視線に射抜かれ、芽衣は目を見開いた。

――そして。

「……」

「……芽衣？」

「私……」

切なく揺れる声が、心にじんと響く。

「ん」

「……も、……天さんの一日が、全部欲しいです……」

そう口にした瞬間、ふわりと甘い香りに包まれた。

「いいよ」

天はまるで子供を宥めるかのようにそう言い、そっと髪を撫でる。

芽衣は天の腕にすっぽりと包まれながら、これから迎える最後の一日が、一秒たりとも忘れられないくらいの大切な日になるだろうと予感していた。


朝方、芽衣たちがいたのは、常陸の海沿い。

そこは、少し前、海に出たまま戻らなくなった磐鹿六雁命を捜す中で、関わっている可能性が浮上した海座頭を誘き出すために訪れた場所だ。

ただ、今回は海座頭のその後の様子を確認しにきたわけではない。

天からやりたいことはあるかと尋ねられたとき、芽衣は、最後の一日は二人だけで過ごしたいと、そのひとつだけを望んだ。

天は頷き、ならば行きたい場所があると言って連れてきてくれたのが、この海だった。

この場所を選んだ理由はよくわからなかったけれど、深い山に囲まれて過ごしてきた芽衣にとって、遠くまで海が見渡せる光景はとても新鮮だった。

やがて空が徐々にピンクに染まり、朝日がゆっくりと顔を出しはじめる。

金色に輝く水平線には神々しさすら覚え、芽衣は一瞬、呼吸を忘れた。

気付けば完全に目を奪われ、辺りがすっかり明るくなった頃には、全身が浄化されたような清々しさに満たされる。

「稜線から出る朝日も大好きですけど、海はまた全然違って素敵ですね」

「ああ」

「それにしても、どうしてここに？」

「……別に」

「別にって」

芽衣は首をかしげながら、きっと美しい風景を見せようと思ってくれたのだろうとあまり深く考えず、朝日をキラキラと反射させている海に目を細めた。

そのとき、ふと足元に転がる蛤（はまぐり）の殻を見つけ、思わず拾い上げる。

「蛤を見ると、つい海座頭を思い出しちゃいますね……。不気味だったなぁ、あの妖……」

呟くと、天は眉を顰めて溜め息をついた。

「海座頭より、あの日はお前の無謀さに頭を抱えた」

「……そう言えば、喧嘩しましたね、あの日」

「意気揚々と囮になろうとするからだろう」

「意気揚々は言い過ぎです……」

否定したものの、芽衣は、必死になればなる程に恐怖が曖昧になり、すぐに無茶をしてしまう自分の習性をよく自覚していた。

さぞかし気を揉んだことだろうと、今さらながら申し訳なさが込み上げてくる。

しかし。

「……ただ、これまでに何度も言ってきたことだが……、お前の無謀さがなかったなら越えられなかったことがいくつもある。だから、一概に悪いとも言えない。……俺自身はふがいないが」

天が口にしたのは、少し自嘲的なひと言。

芽衣は慌てて首を横に振った。

「そんな……。それこそ前にも言ったじゃないですか。天さんが傍にいてくれるから私は無茶ができるんだって……」

「それはそれで複雑だ。……次、行くぞ」

芽衣は不思議に思いながらも、その背に掴まった。

天はそれ以上なにも言わず、狐に姿を変えて芽衣を見つめる。

「え、次？」


次に芽衣たちが訪れたのは、出雲。

ひっそりとした林の中で天の背から下りた瞬間、いつか訪れた黄泉比良坂の入り口となる、道反の大岩に目が留まった。

「うわ、懐かしいですね……！」

思わず声を上げると、天も頷く。

もうずいぶん前のことだが、消えかけていた体を元に戻すため、たった一人で黄泉比良坂を上ったときの必死さと心細さを、芽衣は今もはっきりと覚えていた。

大神実から桃を賜り、その後は黄泉醜女たちに追われ、かろうじて戻ってくることができたものの、まさに間一髪だった。

ただ、それよりも、あの日もっとも印象的だったのは、桃を食べた瞬間に覚えた体の重さ。

大神実は、それは命の重さだと教えてくれた。

あのときは、ヒトの命とはこんなに重いのかとただただ驚く一方だったけれど、苦しい決断をした今の芽衣には、当時とは少し違う思いがある。

両親の過去を知り、この命はたくさんの先祖たちが必死に繋げてきたものなのだという事実を改めて痛感したからこそ、この重みがより貴重なものに感じられてならなかった。

今になって思えば、あの出来事もすべて、いつか帰る日が来るという運命への布石だったように思えてならない。

芽衣は道反の大岩にそっと触れながら、思わず考え込む。

そのとき。

「……あの日、お前が醜女たちに追われながら転がるように駆け下りてくる光景が、今も忘れられない」

天がふと、そう口にした。

当時、天にどれだけ心配かけたかを、芽衣はもちろん自覚している。

これまで幾度となく共に危機を乗り越えてきたけれど、黄泉比良坂に狐が立ち入ることはできず、いっそうもどかしい思いをさせた。

「海座頭のときといい、重ね重ね、すみません……」

心が痛み、芽衣は思わず謝る。

しかし、天は思いの他、かすかに笑みを浮かべていた。

「天さん……？」

不思議に思って名を呼ぶと、天はさらに笑みを深める。そして。

「いや、思い出してた。……すぐ後ろまで醜女が迫る中、俺に飛びかかってきたお前の必死の形相を」

そう言って、わざとらしく咳払いをした。

「それは。今すぐ忘れてください……」

明らかに笑いを誤魔化している天に文句を言いながらも、あの日のことをこんなに穏やかに語れる日がくるなんてと、芽衣にとっては少し意外だった。

天の表情には曇りがなく、むしろ幸せそうにすら見える。

そんな表情を見ながら、芽衣は、この最後の旅の意味を、少しずつ理解しはじめていた。

天はこうして軌跡を辿りながら、二人で過ごしてきた日々と、乗り越えてきたさまざまなことを、「忘れられない一日」として、記憶に刻みつけようとしているのではないかと。

その予想が頭を過った瞬間、天はまるで芽衣の考えを見透かしたかのように、瞳を揺らした。

そして、芽衣の手をそっと引く。

「次は、諏訪(すわ)だな」

その言葉で芽衣は確信を持ち、天の手を強く握り返す。

「……はい」

多くを語らずとも、芽衣の気持ちは繋がる手から体温と一緒にすべて伝わっている気がした。


程なくして着いたのは、諏訪の森の中。

この森では、諏訪大社に祭られる夫婦神、建御名方神(たけみなかたのかみ)と八坂刀売神(やさかとめのかみ)が喧嘩をするたびに増えていく温泉がそこかしこで湯気をあげている。

着くや否や、あちこちから温泉の香りがして、どうやらまだ夫婦喧嘩が絶えないらしいと芽衣は苦笑いを浮かべた。

二人はとくに申し合わせることもなく、森の中をまっすぐに歩く。

やがて行き着いたのは、諏訪からの帰りがけに、芽衣が着物ごと浸かった小さな温泉。

あのときの芽衣は、「芽衣から黒塚の匂いがする」と不満げに言う天の機嫌を取ることに必死になった挙句、匂いを取ろうと着物のまま温泉に飛び込んだ上、代わりに天の匂いを付けてくれと言った。

今になって思えばすごいことをしたものだと反省しつつ、呆気に取られた天の表情を印象的に覚えている。

「……やっぱり天さんの目的もこの温泉だと思ってました」

「強烈だったからな」

「なんだか、私に苦情を言うための旅になってません……？」

「……そうじゃない。……あのときのお前は――」

天はなにかを言いかけ、不自然に口を噤んだ。

「あの、続きは……」

気になって袖を引いても、天はさっきの会話なんてなかったかのように不自然に目を逸らす。

「ちょっと、天さんってば」

さらにしつこく問い詰めると、天はくるりと踵を返した。

答えないまま次へ行く気だと、芽衣は後を追いながら肩をすくめる。

しかし、そのとき。

「……野生動物みたいな女だと思っただけだ。……あのときは、まさに猪のような勢いだったろう」

天は突如、ぶっきらぼうにそう口にした。

それは、普通ならただの悪口としか取りようのない言葉だけれど、途端に芽衣の心がぎゅっと震える。

芽衣が思い出していたのは、天が仁の前で言った「俺は、猪みたいな女が好みらしい」という言葉。

ずいぶん遠回しながらもまるで好きだと言われているようで、芽衣はなにも言えなくなってしまった。

天は居たたまれないのか、狐に姿を変える。

芽衣は背に乗るよう促す天の視線を無視して正面に立ち、柔らかい毛にそっと触れた。

天は、大きな尻尾で芽衣をふわりと包む。

ぶっきらぼうな癖に、その仕草は、まるで壊れものを扱うかのように優しい。しかし。

「……猪と狐の相性って、どうなんでしょうね」

照れ隠しのつもりでからかうと、天は不満げに目を細めた。

芽衣はつい笑い声を零す。

そして、天の視線から逃れるように背中に掴まると、天はゆっくりと足を踏み出した。

「……次はどこだろう。……篠島かな」

なかばひとり言のつもりで呟くと、天はチラリと視線を向け、ゆっくりとまばたきをする。

やはりそうかと思いながら、芽衣は、行き先の候補が少しずつ減っていくことに、寂しさを覚えはじめていた。

無意識に手に力が籠ってしまい、天が途端に速度を緩める。

「あ、大丈夫です……、怖いわけじゃなくて」

慌ててそう言うと、天は視線で言葉の続きを促した。

ただ、今はあまり落ち込むようなことを言いたくなくて、芽衣は頭の中に必死に言い訳を巡らせる。

そんな中、唐突に、ひとつの願いが浮かんだ。

「あ……、そんなことより天さん、ひとつ希望を聞いてもらえますか？」

天は話題が変わったことに少し不満げながらも、小さく頷く。そして。

「あと何箇所回れるかわからないけど、……できれば、この旅の最後の目的地は、川越氷川神社にしてほしいんです」

そう言うと、天はその意図を計りかねているのか、かすかに瞳を揺らした。

ただ、芽衣はそれを、さほど深く考えて言ったわけではなかった。

川越氷川神社を指定した理由は、祭神である足名椎命と手名椎命の夫婦神には縁結びのご利益があり、最後に願掛けがしたいというごく単純なもの。

それを口にするのはなんとなく気恥ずかしく、芽衣は天が言葉を話せないのをいいことに、そのまま背中に顔を埋めた。

その後、天は芽衣を連れ、竜神が住む篠島、八郎太郎と辰子が棲む田沢湖、穢れを祓ってもらった日向の江田神社、盟酒を守るため過去へ渡った播磨の荒田神社と、日本中を次々と回った。

それぞれの滞在時間は短かったけれど、不思議なことに、その地へ降り立つだけで、思い出が次々と鮮明に蘇ってきた。

移動するごとに、神の世へ来てからこれまでいかに怒涛の日々を送ってきたかを、芽衣は改めて実感する。

ただ、ひとつとして思い出したくないようなものはなく、どれも危険と隣り合わせでありながら、今となっては笑って語れるような幸せな思い出でいっぱいだった。

やがて、最後に行き着いたのは、芽衣の希望通りの川越氷川神社。

日はすっかり傾いていて、旅の終わりを嫌でも意識してしまい、境内を歩く二人の口数はこれまでになく少なかった。

足取りもおぼつかず、一歩進むごとに心臓が重苦しい鼓動を鳴らす。

不安で苦しくて仕方がないけれど、芽衣はもう、そこから逃げる術をひとつも持っていない。

しかし、これは自分の選択であり、受け入れるしかないのだと、必死に心を保ちながら一歩一歩踏みしめるように歩いた。

やがて、たくさんの絵馬が架けられたやぐらが目に入り、芽衣はふと足を止める。

吸い寄せられるように近寄ると、目に入ったのは一枚の絵馬。

そこには、期待と不安が入り混じるかのような控えめな文字で、「一生一緒にいられますように」という願いが綴られていた。

途端に胸が詰まり、芽衣はそっと手を離す。

すると、天が突如、やぐらの端にぽつんと架けられた絵馬を指した。

それは大きさも形状も他のものとは明らかに違っていて、裏返してみても、なんの絵柄もない。

「それだけ、なんだか違いますね……」

首をかしげると、天は唐突にそれをやぐらから外し、芽衣の手の上に置いた。

「天さん……？」

「この絵馬から、かすかにテナヅチの気配を感じる」

「え？　……それって」

「お前にやるという意味だろ」

「私に……？」

驚いて辺りを見渡してみても、テナヅチの姿はどこにも見当たらない。

天は懐から筆を出し、芽衣に渡した。

「テナヅチたちも他の神々同様、俺らを気遣って隠れているんだろう。……せっかくだから、書いて行けばいい」

「他の神様たちと、同様に……」

そう言われて改めて考えてみれば、今日はさまざまな場所を訪れたというのに、不自然なくらいに神様どころか巫女(みこ)にすら一度も顔を合わせなかった。

芽衣には避けるつもりなんてなかったけれど、天の言う通りなら、神様たちの方があえて姿を隠していたということになる。

皆お世話になった神様ばかりで、本来ならばきちんと挨拶すべきなのに、二人で過ごしたいという芽衣の願いを尊重してくれてのことだと思うと、申し訳なくも、優しさを感じた。

ヒトの世に戻ったら必ず挨拶に行かねばと、芽衣は改めて心に誓いながら、筆を強く握る。

ただ、絵馬に綴る言葉は、なかなか浮かんでこなかった。

周囲の絵馬に綴られているのは、そのほとんどが、大切な誰かとの永遠の幸せを願うものばかり。

読めば読む程に、自分は同じことを望んでも叶わないのだと実感して、辛くなってくる。

「……芽衣？」

ふいに名を呼ばれ、つい考え込んでしまっていた芽衣は、ビクッと肩を揺らした。

顔を上げると、心配そうな表情を浮かべた天が、芽衣の手からそっと絵馬を抜き取る。

「そんなに悩んでまで書くものじゃない。……行くか」

天はおそらく、芽衣の複雑な思いを察したのだろう。

その切なげな瞳を見ていると、途端に胸が疼いた。

しかし、その瞬間、――叶ってほしいたったひとつの願いが、明確に頭に浮かんできた。

「……いえ、書きます。……でも、見ないでくださいね。見られたら叶わないかもしれないから」

「ないだろ、そんな決まり」

「あるんです」

「……まあ、構わないが」

芽衣は天に背を向け、絵馬にサラサラと思いを綴る。

そして、それを裏返しにして、やぐらの端にそっと架けた。

「……書きました」

天は頷き、芽衣に手を差し出す。

その手を取った瞬間、芽衣は、ついに旅の予定がすべて終わってしまったのだと、強く実感した。

途端に寂しさが込み上げてきて、指先が震える。

天はその手をぎゅっと握り、——突如、芽衣を横抱きにした。

「え……、天さ……」

驚く芽衣を他所に、天はそのまま境内を出ると、屋根や木を飛び移りながら夜の街を移動し、山の方へ向かっていく。

ヒトの姿のままだというのに驚く程速く、芽衣たちの周囲はあっという間に深い森に囲まれた。

やがて、天は樫（かし）の巨木の枝にふわりと跳び上がると、高い位置にある枝を選んで芽衣を下ろし、自分も腰を下ろす。

「びっくり、した……」

ほんの一瞬の出来事に、なかなか動揺が収まらなかった。

一方、天は平然と景色を見渡す。

「なかなかだな、ここからの景色も」

そう言われ、戸惑いながらも視線を向けるやいなや、芽衣は息を呑んだ。

周囲に広がっていたのは、見渡す限りの山々が月明かりに照らされた、幻想的な風景。

山の風景ならこれまでに数えきれないくらいに見てきたけれど、何度見ても感動が薄れることはない。

芽衣は瞬きも忘れてしばらくその景色に見入り、天からの視線を感じてようやく我に返った。

「天さん……？」

名を呼ぶと、天は小さく頷く。

「……どうした」

「どうしたって、いうか……」

どうしてここに連れてきてくれたのかを尋ねようと思っていたのに、天の視線に捕えられた途端、不思議と、理由なんてどうでもよくなった。

もうほとんど残されていない貴重な時間を二人で過ごしているという、その事実だけで十分だと。

ただ、あまりにもまっすぐに見つめられると、次第に目頭が熱くなってきて、芽衣は慌てて目を逸らした。

「そういえば、ここって雲取山でしょう？　……懐かしいですね」

「……まあ、そうだな」

今泣いてしまえばもう止められない気がして、気を紛らわすために咄嗟に思いついたのは、この森での思い出。

あの日、男を翻弄する恐ろしい妖・飛縁魔の菖蒲が棲む屋敷に乗り込んだ芽衣は、天が菖蒲を前に骨抜きになる姿を見て酷くショックを受けた。

「あのときは衝撃でした。天さんの浮気現場見ちゃったし」

「あれは傀儡だろ。……記憶を捏造するな」

「ふふっ……」

笑ったお陰か涙が引っ込み、芽衣はほっと息をつく。――しかし。

ふいに天が芽衣の頬に触れ、外していたはずの視線が合わさった。

「……芽衣」

「あ、あの、ちょっと待ってください」

たちまち涙腺が緩み、芽衣は動揺する。咄嗟に顔を背けようとしたものの、天の手からは逃れられなかった。――そして。

「……お前、いつまで強がる気だ」

思わぬ問いに、芽衣は目を見開く。

「え……？」

「まさか、別れの瞬間までそうやって笑ってる気か？」

「……」

「この期に及んで、おかしな気を回すな」

すべて見透かされていたのだと理解した瞬間、堰を切ったかのように涙が溢れ出した。

天はやれやれといった様子で溜め息をつき、なにも言えなくなってしまった芽衣の髪を撫で、そっと額を合わせる。

「もういいだろ、……自分で決断したからとか、笑って別れたいとか、お前が考えつくことは大概、全部くだらないんだよ」

「ひ、酷……」

「……事実だろ」

「……」

反論の余地がない程に芽衣を責めていながらも、天の目も手も口調も、驚く程優しかった。

芽衣はもはや涙を止めることを諦め、天をまっすぐに見つめ返す。

「……じゃあ、どうすれば」

「どうもしなくていい」

「こんな、ぐちゃぐちゃでも……?」

「いいよ」

そう言って微笑む天を見ていると、ふいに、頑固な心がふわっと緩んだ。

けれど、やはり困らせたくなくて、芽衣は首を横に振る。

「……い、いえ、最後の最後でやっぱりこんなの――」

こんなのは、駄目だと。

そう言いかけた瞬間、――芽衣の唇は、優しい体温に塞がれる。

頭の中が、たちまち真っ白になった。

一方で、頬に触れる天のまつ毛の感触で距離の近さを実感している、冷静な自分もいた。

永遠にも感じられたほんの数秒の後、天はわずかに唇を離し、芽衣の頬に留まる涙を指先で拭う。そして。

「……やっぱり、俺も信じる。……たとえ無意味でも、叶わなくても――」

そう言ってふたたび唇を重ねた。

天の言葉がなにを意味しているのかは、聞くまでもなかった。

普段は曖昧な約束をしない天の切実な願いが、体温を通じて芽衣の体に流れ込んでくる。

芽衣は小さく頷き、天の背中に両腕を回した。

そして、――いっそこのまま、二人で夜の闇に溶けてなくなってしまえればいいのにと、芽衣は本気で考えていた。

*

ついに、一日が終わりを迎えようとしていた頃。

芽衣たちが立っていたのは、やおよろずにほど近い、古い鳥居が幾重にも並ぶ森の中。

それは、芽衣がこの神の世に迷い込んだときに通った場所であり、鳥居の間に立っているのは、牛頭天王。

さらに、高い木の枝の上から見下ろす荼枳尼天の姿。

「――賢明な判断だ」

牛頭天王は芽衣の姿を見るやいなや、眉ひとつ動かさずにそう言った。

賢明もなにも、こうなるべくすべてを仕向けたのは牛頭天王なのにと思ったものの、隣でわかりやすい程に苛立ちを露わにしている天のお陰か、芽衣は思ったよりも冷静でいられた。

「……はい」

芽衣が頷くと、牛頭天王は芽衣との距離をゆっくりと詰め、正面に立つ。

「思い残しはないか」

なんておかしな質問をするのだろうと、芽衣は思った。

思い残しなんて、考えれば考える程無限に出てくるに決まっているのに、と。

けれど、いちいち突っかかっていても仕方がないと、芽衣はモヤモヤした気持ちを

抑え込みながら、懐から一本の茅を取り出す。

二日間芽衣を病気から守ってくれた茅は、もはや炭のように真っ黒に変色していた。

芽衣はそれをそっと握り、蘇民将来のことを思う。

出会ったばかりの芽衣に同情し、娘として受け入れようとしてくれた思いには、心

から感動した。

ただ、そんな、これ以上ない奇跡にあやかる決断ができなかったことを、後悔していない。

むしろ、冷静になればなる程、血縁は自分の都合で勝手に操作していいものではないと、より納得が深まってもいた。

「思い残しだらけです。……ですが、きちんとお別れの時間を持てたので、……覚悟は決まっています」

「……そうか」

牛頭天王はそう言うと、突如、指先で芽衣の額に触れる。

途端に思考がぼんやりしはじめ、芽衣はなんだか嫌な予感を覚えて咄嗟に一歩下がった。

同時に、芽衣と牛頭天王の間に天が割って入る。

「……なにをする気だ」

しかし、牛頭天王は警戒を露わにする天に、眉ひとつ動かさなかった。――そして。

「ここでの記憶を消す。ヒトの世に戻るなら当然のことだ」

さも当たり前のように、そう言い放った。

まさかの言葉に、たちまち全身から血の気が引いていく。

「記憶を……、全部ですか……？」

「ヒトの世での空白の期間は、辻褄(つじつま)が合うよう勝手に調整される。……しかし、元通りの生活に馴染むには、ここでの記憶は邪魔になる」

「そんな……」

思い返せば、以前に芽衣がヒトの世に戻ったときも、記憶は確かにすべてなくなっていた。

あのときは、石長姫たちの協力はもちろん、術をかけた天自身の迷いもあってか記憶を戻すことができたけれど、今回はまったく事情が違う。

「……どうか、記憶だけはこのままにしてください……！　ここでのことは絶対に誰にも話さないし、戻って来ようなんて考えませんから……！」

「そういうわけにはいかぬ」

「牛頭天王様……！」

「余計な記憶を持って戻れば、お前はヒトの世でも異端者だ。……おそらく、生き辛いだろう。記憶を消した方が、お前のためにもなる」

「いいんです、生き辛くても……！」

思わず大きな声が出た瞬間、牛頭天王が眉根に皺を寄せた。

そのあまりに厳しい表情を見た途端、芽衣はこの望みが聞き入れられないであろうことを、肌で感じていた。

それでも諦めるわけにはいかず、芽衣はじりじりと後退り、天は芽衣を庇って牛頭天王を睨みつける。

すると、そのとき。

突如、牛頭天王が凄まじい力で天を払い除け、天の体は無惨にも地面に叩きつけられた。

「天さん……！」

悲鳴のような叫び声が辺りに響き渡る。

咄嗟に駆け寄ろうとしたものの、牛頭天王は芽衣の襟首を掴んで引き寄せて拘束し、ふたたび額に触れた。

一切の抵抗が叶わない力に圧倒されながら、なんて恐ろしい神様なのだろうと芽衣は恐怖に震える。

体はビクともせず、やがて、思考がふたたび曖昧になりはじめた。

頭の奥の方に浮かべた天の姿に、少しずつ霞(かすみ)がかかっていく。

嫌だと、これだけは奪われたくないと、芽衣は心の中で必死に訴えた。

しかし、記憶は残酷な程の勢いで濁っていき、少しでも気を抜けば飛んでしまいそうな意識を、芽衣は必死に繋ぎ止める。

今意識を手放せば、次に目覚めたときには確実にすべての記憶を失っているだろうと、芽衣は察していた。

それは想像しただけで恐ろしく、そしてそれ以上に、こんなふうに力でねじ伏せようとするやり方にどうしても屈したくなかった。

しかし、抗えば抗う程に酷い頭痛と耳鳴りに襲われ、気力がじりじりと削られていく。

やがて、心身ともに消耗しきった芽衣はギリギリで繋がっている意識に縋りながら、——助けて、と。誰宛でもない言葉を、心の中で唱えた。

同時に、芽衣の視界から、すべての色が消える。

ああ、——終わってしまった、と。

心に浮かぶのは、ただシンプルな絶望だった。

深淵(しんえん)に堕ちていくような感覚を覚えながら、芽衣がついに意識を手放しかけた、——そのとき。

瞼(まぶた)越しに伝わる暗闇が、突如真っ赤に色を変えた。

それは絶望とは対極な鮮やかさをもって、芽衣の意識を一気に引き戻す。

なにが起きたのかわからず、おそるおそる目を開けた芽衣は、思わず息を呑んだ。

視界に映ったのは、豪快に火柱を上げて燃えさかる、激しい炎。それは、まるで芽衣を包み込むように周囲を囲っていた。

炎の勢いはみるみる強さを増し、それは辺りの草木を一瞬で灰にする程の勢いを持っていながらも、芽衣が触れても熱を感じない。

芽衣はただ呆然と、その不思議な光景に見入っていた。——すると。

「戍神か。……厄介な」

咄嗟に芽衣から離れながら牛頭天王が口にした名に、芽衣は目を見開く。

「戍神……？」

そのとき、ふと、胸元に優しい熱を覚えた。

まさかと思い懐に手を入れた瞬間、指先に触れたのは、可惜夜で戍神がくれた牙のカケラ。

そっと取り出すと、周囲の炎がさらに勢いを増した。

ただ、牙のカケラは貰ったときとはまったく違い、ほんのりと暖かく、奥の方に小さく揺れていた光は目の前の炎さながらに激しく光を撒き散らしている。

「……戌神様が、守ってくれてるの……？」

呟くと同時に、涙が溢れた。

戌神から牙のカケラを渡されたときは、このままの形でヒトの世に持ち帰ることはできないだろうと残念に思っていた。

けれど、激しい炎に守られているうちに、もしかして戌神はこうなることを予想していたのではないかと、——その上でこれを託してくれたのかもしれないと思えてならなかった。

芽衣は炎に守られながら、地面に倒れ込んだ天に駆け寄り、頬にそっと触れる。

すると、天の瞼がうっすらと開いた。

「天さん……」

「……」

天はかなり辛そうにしながらもゆっくりと体を起こし、周囲を囲う炎にそっと手を伸ばす。

「……すごいな、お前は」

「これは私じゃなくて……」

「……いや、……本当に、誰でも味方につける」

ひどい傷を負っているはずなのに、天は可笑しそうに笑った。

芽衣はそんな天をぎゅっと抱きしめた後、ゆっくりと体を離し、牛頭天王に視線を向ける。

「……牛頭天王様がおっしゃることも、よくわかります。……でも、どうか……、私の大切なものを奪わないでください」

不思議と、もう恐怖心はなかった。

戌神の炎と天の言葉をきっかけに、これまで芽衣を守ろうとしてくれた多くの存在が次々と頭を巡り、自分でも驚く程に肝が据わっていた。

牛頭天王はなにも言わず、大きな目で芽衣を睨む。

すると、そのとき。

突如、上からひらりと荼枳尼天が地面に降り立った。

そして、戌神の炎に臆することなく、天の傍へ来ると姿勢を落とす。

天はたちまち警戒を露わにし、芽衣を自分の背後に隠しながら荼枳尼天を睨みつけた。――しかし。

「……牛頭天王よ。私の息子をあまりいじめないでくれ」

荼枳尼天が口にした意外な言葉に、芽衣は目を見開いた。

天すらも荼枳尼天の言葉の意図を測りかねているらしく、警戒を緩めることなく、困惑したように眉を顰める。

しかし、荼枳尼天にいつもの気迫はなかった。

むしろ、戌神の炎がじりじりと肌を焦がしているのに反応ひとつせず、豪快な笑みを浮かべる。

そして。

「生意気なのは相変わらずだが、ほんの束の間会わぬ間に、ずいぶん立派になったものだ。……いや、親の欲目か」

そう言うと、天の頭を雑に撫でた。

そして、唐突に立ち上がり牛頭天王の方を振り返る。

「牛頭天王よ。私の肝入りを女一人守れぬ腑抜けにしたくない。……悪いが、芽衣はこのままヒトの世に返してやってほしい」

よく通る声が、森に響き渡った。

芽衣はまさかの展開に驚きながらも、固唾を呑んで牛頭天王の反応を待つ。

牛頭天王は相変わらず恐ろしい表情のまま、身動きひとつ取らない。

一方、戌神の炎の勢いは、少しずつ収まりはじめた。

「天さん……、炎が……」

　炎が消えれば牛頭天王がまた乱暴な手を使うのではないかと、不安を覚えた芽衣は天の背中にしがみつく。――しかし。

「心配はいらぬ。戌とは、相手の心の攻撃性を読んで警戒を強める聡い生き物だ。炎が弱まったならば、つまり警戒の必要がないということ」

　返事をくれたのは、茶枳尼天だった。

「え……？」

「つまり、お前の望みは聞き入れられた」

「記憶を持っていっていいということですか……？」

「そうだと言っている。……そのまま、さっさとヒトの世へ帰れ」

「よかっ……」

　脱力した芽衣の体を、咄嗟に天が支える。

　気付けば、戌神の炎はすっかり消えてしまっていた。

　やがて、牛頭天王はゆっくりと芽衣たちの前までやってくると、芽衣と天を交互に見つめる。――そして。

「本来は例外などあり得ぬ。当然、納得し難い。……しかし、神の世にヒトが迷い込む隙があったこと自体が例外であり、お前には責任のないことだ。……そう考えると、こちらにも多少の譲歩は必要かもしれぬ」

言葉通り納得いかない表情ではあったものの、牛頭天王はそう言って溜め息をついた。

「牛頭天王様……」

「ただ、ここでの日々が幸せであったならなおさら、その記憶が今後のお前を苦しめるであろうことは、脅しでもなんでもない事実だ。……芽衣よ、それでもお前の気持ちは変わらぬか」

「……変わりません」

即答すると同時に、牛頭天王の眉間に深い皺が刻まれる。

すると、荼枳尼天が突如大きく笑い声を上げ、芽衣たちに背を向けた。

「牛頭天王よ、そろそろ戻ろう。私はしばらく放ったらかしにしている狐たちのことが心配だ」

「いや、鳥居を潜る瞬間を見届けねばならぬ」

「いちいち見届けなくとも、鳥居を潜らねば芽衣は病気で死ぬ。天はそんな馬鹿な決断をしないよ」

「……」

それが、別れの瞬間は二人でという、荼枳尼天の計らいであることは、考えるまでもなかった。

荼枳尼天こそ、牛頭天王を使ってまで芽衣をヒトの世に戻そうとした張本人だとわかっていながら、不意打ちの優しさに思わず心が緩む。

そして、――わかり辛くも慈悲深く、天に甘い荼枳尼天がどうしても芽衣をヒトの世に戻そうとするのだから、この運命はやはり、いずれは従わざるを得ない、避けようのないものなのだろうと、芽衣は今になって心から納得しはじめていた。

それこそ最初に牛頭天王が言っていた通り、芽衣がここに居続ける限りは、これからもさまざまな苦難に見舞われ続けるのだろうと。

実際、神の世にヒトの存在を認めない者は牛頭天王だけではなく、いずれはもっと恐ろしい神が現れる可能性だっておおいにある。

どんなに強い思いを持っていたとしても、こんなことばかりを繰り返していたら、いつかは心が折れるかもしれない。

今回とは比較にならないくらい、まったく救いのない辛い別れを迎えることだって考えられる。

そうなるくらいならば、自分の手で、と。

すべては想像でしかないけれど、荼枳尼天の凛とした背中に、そんな思いが見えた気がした。

牛頭天王はようやく納得したのか、渋々といった様子で芽衣たちに背を向ける。

しかし、ふいに振り返ると、突如懐からなにかを取り出し、芽衣たちの方へと放り投げた。

天がそれを掴み取り、手のひらをそっと開く。

すると、そこにあったのは、小さく白い塊。よく見れば奥の方で小さく光が揺れていて、少し、戌神の牙のカケラに似ていた。

「あの……、これは……」

おそるおそる尋ねる芽衣に、牛頭天王はゆっくりと口を開く。

「ヒトを相手に少々乱暴だったかもしれぬ。戌神の牙程の力はないが、些細な願いのひとつくらいは叶うだろう」

「お守り、ですか……?」

「要らなければ捨てろ」

「いえ……！　ありがとう、ございます……」

「……では」

牛頭天王はそう言い残すと、今度こそ去って行った。

芽衣が白い塊におそるおそる触れると、奥に灯る光がゆらりと動く。

「これって……」

「おそらく、牛玉と呼ばれる角のカケラだ。……牛頭天王が言ったように強い力は感じられないが、ヒトの世に持っていくといい。願いが叶う云々は怪しいが、いざというときは守ってくれるかもしれない」

天はそう言うと、牛玉を芽衣に差し出した。

しかし、芽衣はそれをしばらく見つめた後、首を横に振る。

「……おい」

「ヒトの世は安全です。だから、天さんが持っていてください。……それに、私には戌神様のお守りがありますから」

「馬鹿。俺には奴の守りなんて必要ない」

「……いいから。天さんが持ってて」

真剣な声で伝えると、天の瞳がわずかな戸惑いを映す。

しかし、やれやれといった様子で牛玉を手の中に収めた。

芽衣はその手を両手で包み込み、額を寄せる。

「芽衣……？」

少し寂しげな天の声を聞きながら、芽衣が思い浮かべていたのは、切なる願い。

それは、川越氷川神社で芽衣が絵馬にも綴った、なによりも叶ってほしい一番の望みだった。

いくら願ってもまだ足りない気がして、芽衣は目を閉じ、それを心の中で何度も繰り返す。

しかし。

「芽衣……」

やや緊張を帯びた声に顔を上げると、芽衣の肌がかすかに黒ずみはじめていた。

「……茅の効果が……」

それは、別れが差し迫っていることを意味する。

すでに覚悟していたはずだったのに、芽衣の心はこれまでに経験がない程重く疼いていた。

それでも、これ以上長居してしまえば天にも影響が出かねないと、芽衣は押し寄せる寂しさを堪えてゆっくりと立ち上がる。

すると、天は全身に受けた傷の痛みに表情を歪めながらも、立ち上がって芽衣の手を強く握った。

そして、二人は無言のまま、鳥居の前へと移動する。

小さく古い鳥居の周囲に漂う空気は、他とは少し違っていた。きっとこれがヒトの世の気配なのだろうと芽衣は思う。

それは少し懐かしく、皮肉にも肌に馴染むような心地があった。

「……天さん」

芽衣は鳥居を背に、天と向き合う。

こんな状況の中、憂いを帯びた天の瞳を綺麗だと思っている自分がいた。

「笑わなくていいって言ったろ」

「……私、笑ってました？」

「笑ってる」

「だったら無意識なので、無理に笑ってるわけじゃないですよ」

「なら、なにが可笑しい」

「可笑しいっていうか、――大好きだなって思って」

そう言うと同時に天の体温に包まれ、芽衣は甘い香りを胸いっぱいに吸い込む。

別れの間際に、こんなふうに普段と変わらない会話ができる幸せを、芽衣はただただ噛み締めていた。

やがて、芽衣はゆっくりと体を離すと、天の頬にそっと触れる。

「私が絵馬に託した願い、叶えてくださいね」

「……お前が見るなって言ったんだろ」

「言いましたけど、叶えてください」

「酷い禅問答だな」

「……お願い」

最後は指先が震えてしまい、天が咄嗟に芽衣の手に自分の手を重ねた。

芽衣はそれを一度だけ握り返し、天からそっと離れる。――そして。

「天さん」

「……」

「また、会いましょうね」

「……芽衣」

「私、……信じてます」

叶わない願いだと知りながら、天に背を向けるためには、その言葉がどうしても必要だった。

鳥居の方を向いた途端、底知れない寂しさに胸が押し潰されそうになったけれど、芽衣は無理やり足を踏み出す。

そして、心を押し殺したまま、ついにひとつ目の鳥居を潜った。

たった一歩進んだだけなのに空気がガラリと変わり、全身が、早くも天の存在を求めるように小さく震えはじめる。

それでも、一度でも振り返ればせっかくの決意が簡単に崩れてしまう気がして、芽衣は自らを奮い立たせ、さらに先へと進んだ。

等間隔に並ぶ鳥居をひとつ、またひとつと潜るたび、背中に感じていた天の視線が少しずつ曖昧になっていく。

それに反して、心の中では、天は今どんな顔をしているだろうか、きちんと呼吸ができているだろうか、絶望に身動きが取れなくなっていないだろうかと、次から次へと心配が込み上げて止まらなかった。

大粒の涙が滑り落ち、芽衣の頬をみるみる濡らしていく。

しかし足だけは止めず、やがて芽衣の滲んだ視界に、最後の一基となる鳥居が映った。

これを越えればヒトの世に戻り、おそらく、もう二度と神の世に戻ることはできないだろうと、芽衣は改めて自分の心に確認する。

心のずっと奥の方には、もうなにも考えず、いっそなにもかもを無視して引き返したいと願う気持ちが燻っていたけれど、そんな衝動に蓋をしているのは、芽衣が絵馬に綴った唯一の願いだった。

――天さんが、永遠に幸せでいられますように。

心の中で唱えると、気持ちがふわりと温かくなった。

芽衣は最後の鳥居を潜りながら、天と一緒に作ってきた数えきれない程の〝永遠に忘れられない一日〟を、順番に思い返す。

そして、――これは正真正銘一生ものの恋だった、と。

すべての細胞に染み付いている天の気配を心にたぐり寄せながら、ヒトの世への一歩をゆっくりと踏み出した。

牛頭天王（ごずてんのう）

インド由来の神様で、祇園精舎の守護神。疫病の神様とされ、かつては厄病神とされていた時代もある。

双葉文庫

た-46-21

神様たちのお伊勢参り⓫
長い旅路の果て　前編

2022年3月13日　第1刷発行

【著者】
竹村優希
©Yuki Takemura 2022
【発行者】
島野浩二
【発行所】
株式会社双葉社
〒162-8540 東京都新宿区東五軒町3番28号
［電話］03-5261-4818（営業部）　03-5261-4851（編集部）
www.futabasha.co.jp（双葉社の書籍・コミックが買えます）
【印刷所】
中央精版印刷株式会社
【製本所】
中央精版印刷株式会社

【フォーマット・デザイン】
日下潤一



ISBN978-4-575-52556-4 C0193
Printed in Japan

**FUTABA BUNKO**